FOR2

FOR pleasure   FOR life

一冊

世說新語

楊勇校箋 ｜ 劉義慶著

A New Account of Tales of the World. 8

FOR₂ 62

世說新語・八周刊・卷二

作者／繪圖：豬樂桃（齊瀟）

編輯：陳秀娟　美術設計：許慈力

出版：英屬蓋曼群島商網路與書股份有限公司臺灣分公司

發行：大塊文化出版股份有限公司

105022台北市松山區南京東路四段25號11樓

www.locuspublishing.com

讀者服務專線：0800-006-689

電話：02-87123898　傳真：02-87123897

郵政劃撥帳號：18955675

戶名：大塊文化出版股份有限公司

法律顧問：董安丹律師、顧慕堯律師

總經銷：大和書報圖書股份有限公司

新北市新莊區五工五路2號

電話：02-89902588　傳真：02-22901658

初版一刷：2023年5月

定價：350元　ISBN：978-626-7063-36-1

自序

《世說新語·八周刊》繁體版再版，已時隔十一年。

期間發生了許多事，關於人、關於畫、關於事——我畫了許多本書，轉變了繪畫風格；結婚、生子、離婚、坐船環遊了世界、得了抑鬱症；漫長的身心治療之路上，結識了許多中醫與各式各樣的修行人。

年輕時喜歡紅酒，如今更中意花雕的醇香；曾經熬夜趕稿實屬日常，如今亥時入睡、寅時起床；從前只知一年四季，後來才曉得二十四節氣、七十二物候、子午流注，順著節律生活，收穫豐沛的生命力；當初糾結、自卑、憤怒的自己，現在有了些許自信、內心篤定而平靜了許多；今年伊始著手準備畫道家、中醫的兒童繪本……

這一切的轉變，都源自十多年前，大塊文化郝先生邀我畫《世說新語》，我循著古人的足跡，想要一窺其每一段故事背後的真相與當時人們情致、性格的歸因——老、莊學說，歷史文獻，野史資料，建築，服裝，古琴，製香，所有文中提及的典籍，甚至中醫古籍……雖當下看得懵懂、畫出的寥寥，甚至漏洞百出，但卻為我埋下了一粒種子——關於「中國之美」與「生命真相」的種子。等待著合適的時機，發芽、生長……

回望過去，所經歷的每件事、遇見的每個人、做的每一個選擇，都彷彿是我無意中拾起的碎片，來到人生的中段，才發現，懷中的每一塊碎片，都是拼成屬於我的完整人生、至關重要的一片。

如今，再次看《世說新語·八周刊》，有許多不足，但卻是那個時期的我，最真實且濃情的表達。亦是我人生拼圖中，非常閃亮的一塊碎片。

常會感到自己很幸運——短暫又漫長的人生中，斗膽嘗試來許多風格的繪畫，還被許多人喜愛，並為一些人當下的生命中埋下的一粒小種子。

謝謝看到這裡的你們啊。

2023 年 3 月 6 日星期一
於杭州，富陽，家中

目錄

序章

狂放悲情的血色浪漫時代

因朝政更替頻繁、政治動盪、戰亂頻發,魏晉南北朝可謂是中國古代史中最為動盪的時期。

當時的禮教處於崩潰的邊緣,但是人們卻在精神上變得自由、性情上的奔放與真誠更勝於任何一個朝代!

那個時期,人們以狂放不羈為榮,從貴族到庶民皆以飲酒、服五石散為樂,帥哥們常常袒胸露腹,身著近乎於透視裝的薄紗,在竹林裡、木屋中成群結隊的暢飲、清談,酒到酣處還會翩翩起舞、長嘯歡呼……不禁惹人羨慕與遐想……

因戰亂，許多外族人入住中原，成就了歷史中龐大的族群大遷移，外族人與中原人數代通婚，有些還在朝中有一席之地，常會因此出現一些擁有「奇骨」之相的「混血高富帥」。

而因禮教崩潰，姑娘們公開追捧帥哥，美男子之間相互惺惺相惜的故事，更是得到時人接納甚至讚譽～多美好的時代啊！

《世說新語・八周刊》基於這樣的歷史背景，帶著諸位看客以最「8」的視角詮釋魏晉明星的那些事兒！

第拾壹話

- 服食五石散，飲酒嗑藥，狂躁、脫衣裸奔，才是魏晉上流社會風俗？

- 劉伶脫衣裸奔，演繹最炫神曲「醉酒 style」

- 型男嵇康脫衣助興，狂放不羈蔑視禮教。

大導演嵇康醉酒失言！得罪權貴！銀鐺入獄！

大書生

音樂才子或將無法出席首映？
粉絲情緒穩定發誓不離不棄！

眾多重量級型男好友傾情加盟！年度最受矚目作品！
嵇康自編自導首部大片《大書生》，講述百年間讀書人的坎坷命運。

世說新語·八周刊

A New Account of Tales of the World. 8

改編繪畫一豬樂桃

只售新台幣貳拾元

魏晉飲酒嗑藥Hold住帝！
神祕亮相八周刊！

竹林七賢異類中的異類！
縱酒放誕的酒國仙人！

三大哥哥「獻身」誠法？

哇哈哈！
求續杯！

山濤

第三屆五禽戲健身節洛陽開幕！

鹿戲

熊戲

虎戲

猿戲

鶴戲

為了弘揚全民健身的理念，由華佗藥業贊助的五禽戲健身節近日開幕，來自全球四十支代表隊、五百多名選手，將參加角逐單人和團體比賽的金牌。

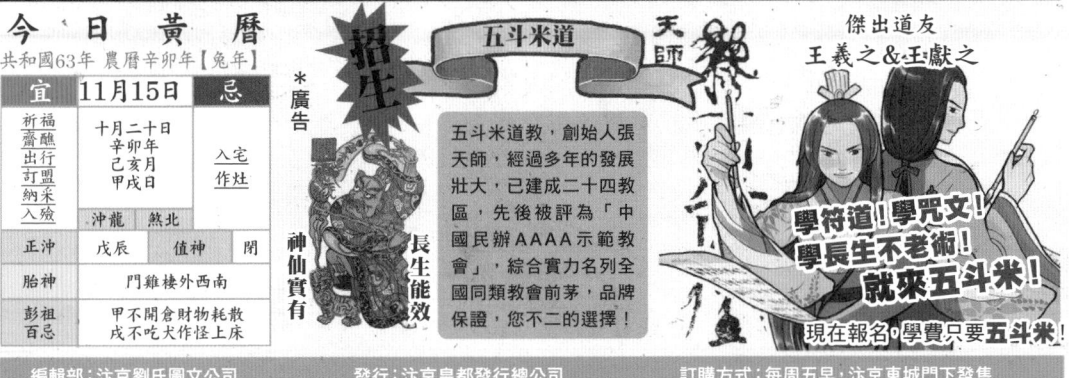

今 日 黃 曆

共和國63年 農曆辛卯年【兔年】

宜	11月15日	忌
祈福 醮 盟 訂 入 出行 納采 殮	十月二十日 辛卯年 己亥月 甲戌日	入宅 作灶
	沖龍 煞北	
正沖	戊辰	值神 閉
胎神	門雞棲外西南	
彭祖 百忌	甲不開倉財物耗散 戊不吃犬作怪上床	

*廣告

招生

五斗米道

天師

神仙實有
長生能效

五斗米道教，創始人張天師，經過多年的發展壯大，已建成二十四教區，先後被評為「中國民辦AAAA示範教會」，綜合實力名列全國同類教會前茅，品牌保證，您不二的選擇！

傑出道友
王羲之&王獻之

學符道！學咒文！
學長生不老術！
就來五斗米！

現在報名，學費只要五斗米！

編輯部：汴京劉氏圖文公司　　發行：汴京皇都發行總公司　　訂購方式：每周五早·汴京東城門下發售

魏晉時代的飲酒嗑藥之風 大揭祕！

魏晉南北朝被稱為中國歷史上最具酒文化的時代！為何這個朝代以飲酒為榮？！為何史上著名酒鬼多出於此時代？！為何文人名士們喜歡服食五石散？！五石散為何物？！本周刊將為您深度挖掘！！！

壹

酣暢淋漓，樂而忘憂，
放任不羈文人雅士之首選！

魏晉時期因戰亂紛爭頻繁，禮教接近崩潰邊緣的同時，也是人性最坦蕩的時期，飲酒與放任不羈的裝扮成為當時的流行趨勢。

代表人物
嵇康

更有一字專屬飲酒——酣，酒樂也。出自《說文解字》。作者（漢）許慎意為：酒喝得很舒暢、開心。

嘿嗜

啪！

只要你滿足這兩個要素，再加上稍有姿容，便可迅速上位成為萬人仰慕的大名士！
若具備一兩項特長，如：演奏樂器、詩詞歌賦、揮袖亂舞等等更佳！

貳

及時行樂、借酒澆愁、胸懷大志亦不能大展雄圖之名士，
逃避現實，躲避禍端之最佳工具！

血色亂世，許多名士的宏圖偉業只能存於心中，卻得不到抒發與施展，
無奈！無奈！只得酒澆塊壘，借酒澆愁。

在那個微醺的年代，名士們醉酒後所做的不合常理、甚至極其無禮
的舉動，通常會被人諒解，甚至被推許為名士風範！

代表人物
阮籍

因此有些人真醉，逃避悲苦的現實；有些人假醉，佯裝狂放抒發累積在心中的不滿
與悲憤……當然，還有些人糊醉，盲目附庸風雅，追趕潮流，湊熱鬧僅求一醉。

參

煙雲水氣、風流自賞——
五石散之最IN搭配！

張仲景牌
五石散

名士首選

身分象徵

五石散

醫學權威
張仲景

洛陽電台直播
張大夫
午夜話保健
每周三
00：30～01：30
深夜熱線01022222

此藥劑的發明者張仲景表示——它本來是治療傷寒的，卻變成了名士們的迷幻藥！服用「五石散」的風氣被大美男何晏宣傳倡導後風靡當世，時尚之風甚至還席捲後世，由魏晉至唐，名士們趨之若鶩，歷六百年而未間斷！

此藥服後精神可進入恍惚忘我之境界。世俗煩擾、內心迷惘都被忘懷，剩下的是一種超凡脫俗的感覺。不過此藥副作用頗具毒性——

請你跟我這樣做！狂躁平復了很多！

腹肌居然有六塊耶！

哇哈哈哈～喝啊～

嗯～是還不錯！

喝了還想喝！

1. 體內狂躁——需吃冷飲喝溫酒！

2. 身體肌膚的觸覺變得高度敏感！由此需要脫衣裸袒，運動出汗，最佳方式為——**裸奔！**

3. 性情暴躁——需做出口發狂言，桀驁無禮等放浪形骸的荒誕舉動，以發散藥力！

鋪墊了那麼多，下面就為大家介紹——

一舉殺入美男專屬領地《世說新語·容止》，本周刊有史以來最醉醺醺的大酒鬼——Mr.劉！劉伶！劉伯倫！！！

讓我們刮起愛的小旋風！一睹Hold住帝的神采！

主持人介紹的是何許人？

不知道，反正殺進〈容止〉的人一定都是極品帥哥啦！

登登登登登！

哇！伯倫！

誰見過伯倫！

大家好期待哦！

會不會比小阮還要帥？！

劉伶，字伯倫。西晉人，「竹林七賢」之一。平生嗜酒，為竹林七賢中最著名之酒鬼，曾作〈酒德頌〉，宣揚縱酒放誕之情趣，對傳統「禮法」表示蔑視。

劉伶

晉書·劉伶傳

常乘鹿車，攜一壺酒，使人荷鋪而隨之，謂曰：

「死便埋我。」

其遺形骸如此。

我若醉死，就順道埋了吧！

⋯⋯

連鹿都比他師⋯⋯

為什麼⋯⋯躋身〈容止〉的人為什麼會這麼醜！

惡夢⋯⋯

他讓我想起了一個人⋯⋯絕醜左太沖！

好冷⋯⋯

嗯

劉伶酗酒向來驚世駭俗。早年，他喜歡帶著幾罈美酒，坐著鹿車到處轉悠，還命隨從拿著鋤頭在後跟著，「我若醉死，就順道埋了吧！」

劉伶身不過一米四七，容貌醜陋，還晃晃悠悠，蓬頭垢面。他沉默寡言不喜歡出門遊玩，結交朋友。後來和阮籍、嵇康相遇，三人一見投緣，便手拉手進了竹林。

呵呵呵

伯倫、仲容，咱們看看誰先到那片竹林！

伯倫快點啦！

哈哈哈

等等我！叔夜～仲容～

忽，土木形骸。

甚醜顇；而悠悠忽

劉伶身長六尺，貌

世說新語‧容止

晉書‧劉伶傳

不妄交遊，與阮

籍、嵇康相遇，攜手

入林。

欣然神解，攜手

哈哈哈哈～

叔夜！為什麼！

小康康小阮……為什麼？為什麼你們要選劉伶這醜八怪！

哇！看不下去了！

哇啊！小康康！人家錯看你了！

哈哈哈～

官二代＋大帥哥＋大詩人阮籍

豬博士教成語

【解釋】形骸（ㄏㄞˊ）：指人的形體。
【含義】形體像土木一樣。比喻人的本來面目，不加修飾。

土木形骸

哈哈哈哈～仲容、叔夜～我好開心喔～

著名演奏家＋大詩人＋最帥駙馬嵇康

劉伶病酒嬌妻愁
以酒解酒醉無休

世說新語‧任誕

劉伶病酒渴甚，從婦求酒。婦捐酒毀器，涕泣諫曰：「君飲太過，非攝生之道，必宜斷之！」伶曰：「甚善。我不能自禁，唯當祝鬼神自誓斷之耳。便可具酒肉。」婦曰：「敬聞命。」

「老公！你都病成這樣了！不能再喝了！」

「奴家把你的酒具全燒了幫你戒酒！」

轟！

「老……老婆！咳咳咳……」

劉伶因酗酒而抱病在臥床，他的妻子哭著焚毀酒具求劉伶戒酒。

「我的酒癮太大，不能自戒，必須在神靈前起誓，方能成功，你快去準備些祭祀用酒肉吧……」

「老公～！」

「只要你戒酒，奴家什麼都願意為你做！！」

喜極而泣

老公！
供台與祭品
準備好了～
供酒肉於神前，請伶祝誓。伶
跪而祝曰：「天生劉伶，以酒
為名；一飲一斛，五斗解醒。
婦人之言，慎不可聽！」
撲通
萬能的神啊～我劉伶以喝酒成的名，只要一喝酒，神智就清醒，我老婆讓我戒酒的話，你可不能聽！
什麼？！
哇啊！老公！
為什麼騙奴家！
奴家好傷心！
哇啊！
淚奔
劉伶〈酒德頌〉
無思無慮，其樂陶陶。兀然而醉，怳爾而醒。
靜聽不聞雷霆之聲，熟識不睹泰山之形。
不覺寒暑之切肌，利欲之感情。
便引酒進肉，隗然已醉矣。
啊哈哈哈哈哈～
咕嚕
咕嚕
砰
刷

秀，聽說劉伶要戒酒，咱們去瞧瞧？

好啊，看到嫂子喜極而泣的奔出，一定是小伶戒酒成功了！

嵇康

向秀

唯啪啪啪！

唉？叔夜？小秀子？

唯酒是務，焉知其餘。

轟！

咔嚓

小，小伶……你赤身裸體……你太不知羞了！

切！我以天地為住宅，房屋為衣褲，你們為何要跑到我褲襠裡來呢？

嗝！

什……什麼？

撲通撲通

世說新語・任誕

劉伶恆縱酒放達，或脫衣裸形在屋中。人見，譏之。伶曰：「我以天地為棟宇，屋室為褌衣，諸君何為入我褌中？」

哈哈哈～伯倫～

嘻嘻！
小康轉起來！
轉圈圈！
飛高高！

什、什麼……
嵇康怎麼會
如此開心……

康……
伯倫……

轉

轉

轉

嵇康，为
什么你不
理我？

嵇康你為何對
別人那麼親切，
卻對我從來都是
不理不睬！

我……
我……

還是不敢
面對嵇康！

刷！！

鍾会VS……
是爱还是
記憶

嵇康我爱
你！

為何你可以和
別人玩卻從來
不與我玩？

閃回

閃回

劉伶醉酒忘形！嵇康脫衣助興！
羞煞向秀！氣煞鍾會！

赤條條來去無牽掛！
月夜裸裎相對的真漢子們！

我恨死你了！
嵇康康康康……
（回音）

啦啦啦～

哇哈哈～
飛囉～！

哇啊！

轉

騰

豬博士教新語

嘿唔 啪！ 唔！

世說新語·容止

劉伶身長六尺，

貌甚醜顇；而悠

悠忽忽，土木形

骸。

【譯文】

劉伶身高只有六尺，相貌醜陋，卻飄然自在，視自己的身體如土木，怡然自得。

世說新語·任誕

劉伶病酒渴甚，從

婦求酒。婦捐酒毀

器，涕泣諫曰：「君

飲太過，非攝生之

道，必宜斷之！」

伶曰：「甚善。我

不能自禁，唯當祝

鬼神自誓斷之耳。

便可具酒肉。」婦

曰：「敬聞命。」

【譯文】

劉伶的酒病又發作得很厲害，求妻子拿酒給他，妻子哭著把剩餘的酒灑在地上，摔破酒瓶，勸他說：「你酒喝得太多了，這不是養生之道，請你一定要戒了吧！」劉伶回答說：「好！可是靠我自己的力量是沒法戒酒的，必須在神明前發誓，才能戒得掉。就麻煩你準備酒肉祭神吧。」他的妻子信以為真，聽從了他的吩咐。

世說新語·任誕

劉伶恆縱酒放達，

或脫衣裸形在屋

中。人見，譏之。

伶曰：「我以天

地為棟宇，屋室

為衣，諸君何

為入我褌中？」

【譯文】

劉伶經常不加節制地喝酒，任性放縱，有時在家裡赤身露體，有人看見了就責備他。劉伶說：「我把天地當作我的房子，把屋子當作我的衣褲，諸位為什麼跑進我褲子裡來？」

竹林關系一覽表

非一般的愛與仇，完整關係圖首度曝光！

錚錚漢子純純情，竹林七賢傳美名！

晉武帝司馬昭

鐘會

向秀

王戎

君臣

明哲保身

無奈低頭

傲慢輕視
崇拜、嫉妒、絲

打鐵好友、音樂知己

今日八周刊為您特別爆料！
七賢攜手奔竹林

本刊特聘專線記者八妹仔，於山陽縣的竹林外，蹲守十五日，終於等到當朝最IN男團「Bamboo Man 7」——竹林七賢！七位帥哥身著薄紗，攜手歡暢，直奔入竹林內。

可惜七賢人人位高權重，保衛措施嚴密，竹林外七七四十九名壯漢保鏢攔住眾粉絲及各媒體記者。據知情人透露，七人常在此竹林內開「轟趴」至深夜，這次也不例外，八妹仔及眾粉絲在外苦守一夜未見七人身影！竹林內發生何事？《八周刊》將為您持續關注報導！

八卦爆爆田
Gossip Field

心腹大臣

↑積極籠絡
消極抵抗↓

↑政治立場不同
蓄意謀害↓

山濤

阮咸

叔侄

嵇康

竹林七賢鐵三角

阮籍

劉伶

酒友　　　　　酒友

攜手入竹林→　　　←攜手入竹林

世交好交

劉伶 V：最後一次喝酒，明天戒！！！！

轉發（2133）評論（4425）

XXX：圍觀、
XXX：靠，又在騙媳婦了。
XXX：淘寶舌尖上的中國同款米酒包郵熱賣！點擊有好禮——haojiu.faotao.com
阮籍 V：你是不是又沒錢了？
劉伶 V：回覆@阮籍：嗚嗚月底了。

山濤 V：昨晚@嵇康和@阮籍來我家通宵喝酒，內人做了麻醬和茄盒，好味～

轉發（20995）評論（49357）

XXX：果斷右鍵。
XXX：今天的八周刊說你老婆在牆上鑽洞看帥哥啊～
XXX：今天的八周刊說你老婆在牆上鑽洞看帥哥啊！
XXX：今天的八周刊說你老婆在牆上鑽洞看帥哥啊……
劉伶 V：！！！！濤哥你竟然不叫我！嗚嗚！
山濤 V！……你不是在戒酒嗎？

XXX：最右！//@XXX：最右！//@XXX：最右！//@XXX：最右！//@XXX：最右！
HHP爆了//@向秀 V：怎麼會有人想學打鐵還不承認，想不通。

> 鐘會 V：怎麼會有人喜歡打鐵，想不通。
>
> 轉發（6216）評論（7425）

嵇康 V：今日在院中拾到一冊《四本論》，寫得不錯，但不知作者是何人。

轉發（125174）評論（87026）

XXX：@鐘會在一起！
XXX：@鐘會在一起！
XXX：@鐘會在一起！
向秀 V：個人覺得這書一般般。
豆拌網 V：歡迎大家來豆瓣寫書評。

王戎 **V**：今年李子大豐收，歡迎大家來購買我家的無核李子，轉發並＠三位好友，就有機會得到神祕禮物！＠嵇康、＠阮籍＠山濤求轉發！

轉發（926）評論（710）

XXX：味道還是不錯的！＠ XXX ＠XXX ＠XXX
XXX：摳門！丟人！＠ XXX ＠XXX ＠XXX
阮籍 **V**：我怎麼會認識你的！

阮咸：希望大家支持我的新單曲《洛水一夜》！

轉發（125174）評論（87026）

XXX：一夜系列又有新歌了！是在說曹家的那些事兒嗎？
XXX：你覺得是你的歌好聽，還是喜鵲傳奇的歌好聽？
XXXX：上次演唱會見到你覺得你好親切喔你還記得我嗎走光的那個人就是我 😭😭😭
阮咸回覆＠XXXX：謝謝您的支持～
XXXX：啊啊啊啊啊啊啊啊啊啊啊啊仲容回覆我啦！！

XXX：評論亮瞎了！//＠XXX：評論亮瞎了！//＠XXX：評論亮瞎了！//＠XXX：評論亮瞎了！//＠XXX：評論亮瞎了！

> 向秀 **V**：內心柔軟的巨蟹男子，最重視家人朋友，討厭吵架、不喜歡正面衝突，因此一有摩擦，就讓他們自己靜一靜吧，如果你死纏著他們不放，只會讓他們更往硬梆梆的殼子裡縮。冷戰對巨蟹座的人來說，是為了去調適＆緩和心情，不見得一定是在逃避問題。和巨蟹座的人交往，你必須要有耐心，經常想像自己是一個天使……
>
> 轉發（88835）評論（3）

嵇康 **V**：最近怎麼了？約你打鐵也不出來。
阮 **V** 籍回覆＠嵇康：小秀子最近怪怪的，你惹他生氣了？
嵇康 **V** 回覆＠阮籍：好像就因為一本書的事兒。

由於用戶設置，你無法回覆評論。

阮籍 **V**：最近在老袁＠袁孝尼那兒，山裡信號不好，你們有事直接私信我。PS＠嵇康你那首《廣陵散》還沒教他啊！我都快被老袁煩死了，只好把你手機號給他了::>_<::

轉發（13872）評論（7281）

XXX：哈哈哈嗣宗又在賣萌了！
XXX：求小康康手機號！📱📱📱
袁孝尼 **V**：快教我教我教我快教我快教我我快教我快教我快教我快教我我快教我快教我快教我我快教我快教我我快教我＠嵇康！
嵇康 **V**：……………………
阮咸 **V**：叔，我那新單曲你記得幫我宣傳一下唄。

阮籍：在後山竹林裡發呆，聽仲容的新歌，很感動。

轉發（5872）評論（4281）

XXX：👍
XXX：💩
XXX：相信你的推薦，這就去聽聽看！
XXX：我已經買了，很好聽！
XXX：聽說你和王戎不和是不是真的啊？竹林七賢還招人嗎？

晉國官方微博：歡迎我們的最高領導人＠晉武帝開通浪浪微博！最近有傳言說鎮壓三千太學生請願團，此事純屬子虛烏有，特此闢謠。

轉發（1555872）評論（664281）

XXX：1000粉五元
XXX：真相到底是什麼，持續關注事態發展。🐷
XXX：還能再假點嗎？我就是為嵇康請願的學生之一，慘遭毒打，現在還臥床在家不能行走，公道自在人心！🐷
晉武帝 **V** 回覆＠XXX：呵呵你叫咩名啊。
鐘會 **V**：轉發微博。
山濤 **V**：康，是我害了你啊……紹兒交給我了……
XXX：🔒
XXX：🔒
XXX：🔒

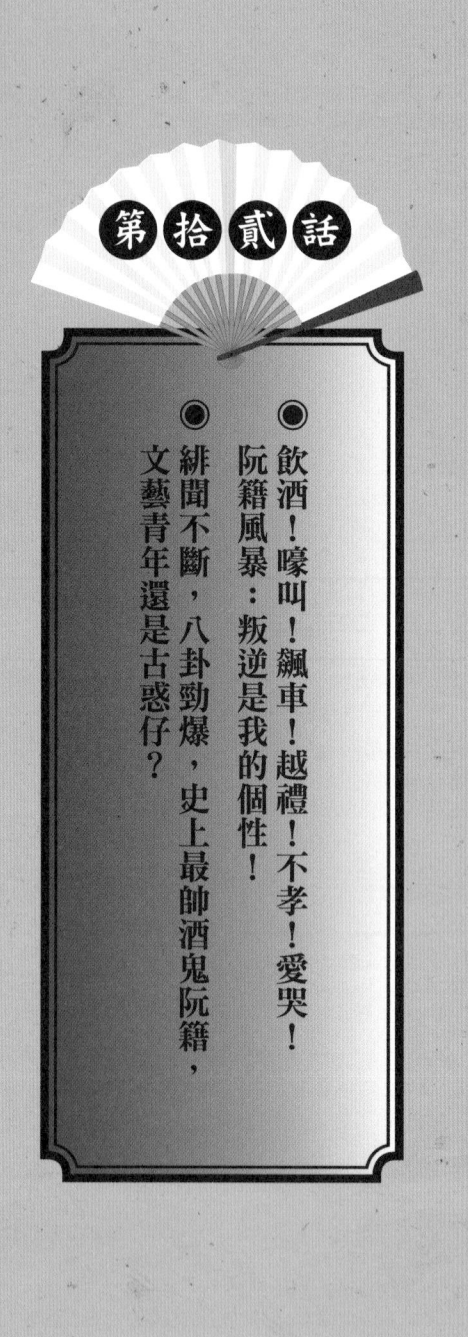

第拾貳話

◎ 飲酒！嚎叫！飆車！越禮！不孝！愛哭！

◎ 阮籍風暴：叛逆是我的個性！

◎ 緋聞不斷，八卦勁爆，史上最帥酒鬼阮籍，
文藝青年還是古惑仔？

飲酒！嚎叫！寫詩！
飆車！痛哭！
史上最帥酒鬼——阮籍

緋聞不斷！
八卦勁爆！

第四十八屆竹林品酒會
兩大帥哥嵇康X阮籍連袂主持
是麻吉就來搏感情！　門票：20兩／人
型男出場
人氣DOUBLE！

世說新語・八周刊

A New Account of Tales of the World. 8

改編繪畫—豬樂桃

只售新台幣貳拾元

「喜鵲衛視——開卷八分鐘」權威推介！
讓主持人淚奔的好書《詠懷》！

詠懷

唉唷媽啊，實在是太傷心啊！

隱晦曲折
悲憤哀怨

阮籍《詠懷詩》八十二首傷心詩，真實地反映了詩人一生極度複雜的思想感情。政治上的黑暗，造成了他內心的悲憤，在詩中多方面地表達了自己的真實感受，他的內心積鬱，無由發洩的痛苦與憤懣都透過其詩文表達出來。

今日黃曆
共和國63年　農曆辛卯年【兔年】

宜	9月15日	忌
祭祀 把行 出行 成服 除服 沐浴 入殮	八月十八日 辛卯年 丁酉月 癸酉日	動土 筆 冠徙 移宅 入市 開堅 柱
	沖兔　煞東	
正沖	丁卯　值神　建	
胎神	房東門外西南	
彭祖百忌	癸不訴訟理弱敵強 西不宴客眸坐顏狂	

good!
何以解憂
唯有杜康
酒中豪傑——曹操
*廣告

三國牌杜康酒
曹操都說好！
古法釀造！
四十年窖藏熱賣中！

編輯部：汴京劉氏圖文公司　　發行：汴京皇都發行總公司　　訂購方式：每周五早，汴京東城門下發售

世說新語・任誕

陳留阮籍、譙國嵇康、河內山濤，三人季皆相比，康季少亞之。預此契者：沛國劉伶、陳留阮咸、河內向秀。瑯邪王戎。七人常集於竹林之下，肆意酣暢，故世謂竹林七賢。

王戎

向秀

王戎

山濤

嵇康

劉伶

阮咸

超級大帥哥阮籍和玉山頹倒的音樂家嵇康，以及小資範兒的山濤，常常在竹林中開 party，毫無顧忌地開懷暢飲，後來加入鐵三角組合的，還有嗜酒如命的劉伶、音樂天才阮咸、小正太向秀、吝嗇鬼王戎，七個人在竹林中的 party 越開越 high，越 high 越大，最後幾乎個個都變成了大明星，成為當世老百姓競相模範的時尚人士，所以世人叫他們做「竹林七賢」。

晉書 阮籍

籍容貌瑰傑，志氣宏放，傲然獨得，任性不羈，而喜怒不形於色。或閉戶視書，累月不出；或登臨山水，經日忘歸。博覽群籍，尤好《莊》《老》。嗜酒能嘯，善彈琴。時人我謂之癡……

好美的人兒……

阿阮！

阮！你怎麼可以這麼帥！

院院！

好帥啊！我要暈！

為阮癡狂！衣帶漸寬終不悔！

阮籍長得特別美，氣質寬宏，任性不羈，喜怒不形於色，還是個陽光宅男——有時候宅在家中看書，好幾個月都不出門；有時遊山玩水，好幾天都忘記回家；他好讀老、莊，愛喝酒，能吶喊，會彈琴……很多人看到他，都為之癡狂！

阮籍的嫂子有一次回娘家，小阮跑去看望嫂嫂，臨別時卻直接和嫂子道別——在那個禮教約束的年代，小叔子是不能和嫂子直接對話的。無怪乎會引來眾人的譴責。

世說新語・任誕
阮籍嫂嘗還家，籍見與別，或譏之。籍曰，禮豈為我輩設也？

禮法豈是為我制訂的？

哧嚓！

哦！GOD！好帥！

哇呀呀！好刺眼！

好man啊！

太閃了！

小阮的一句話雷倒無數信奉禮教的民眾，外表看似不羈狂放的阮籍，似乎是在破壞一切禮教，但恰恰是這種「破壞」證明了他內心的坦蕩，他守的並非傳統宣揚的禮教，而是順應人們本質的真善美的「禮」與「教」。

哇啊！兵姑娘～為何你走得那麼早！

八周刊快爆！

美少女早逝，阮籍痛哭

兩人關係撲朔迷離

晉書・阮籍
兵家女才色，未嫁而死。籍不識其父兄，徑往哭之。

兵家有個閨女，年輕貌美又頗具才華，可惜還未出嫁便死了，阮籍並不認識對方的家人，卻哭著為姑娘送葬，直到哭的累了才回家。

我只是因兵姑娘才貌雙全卻英年早逝而哭泣，難道這也錯了嗎？

嘩嚓！

哇啊！好高尚的情操！

唔呀！我們錯怪阮阮了！

好閃！好亮！好有氣勢！好英俊！哇呀呀呀！

小阮作為竹林七賢的代表人物，除了寫作之外，更是以飲酒、嚎叫和飆車文明千古。

飲酒？嚎叫？飆車？
越禮？不孝？愛哭？

緋聞王子八卦製造機！
戲劇化人生！八周刊快爆！

細數阮籍七宗罪！
是文青還是古惑仔？

阮籍喜歡喝酒已經到了不顧仕途的地步！他聽說步兵校尉的職位空缺，而步兵廚中儲存幾百斛酒，阮籍垂涎美酒，便請求調去做步兵校尉。

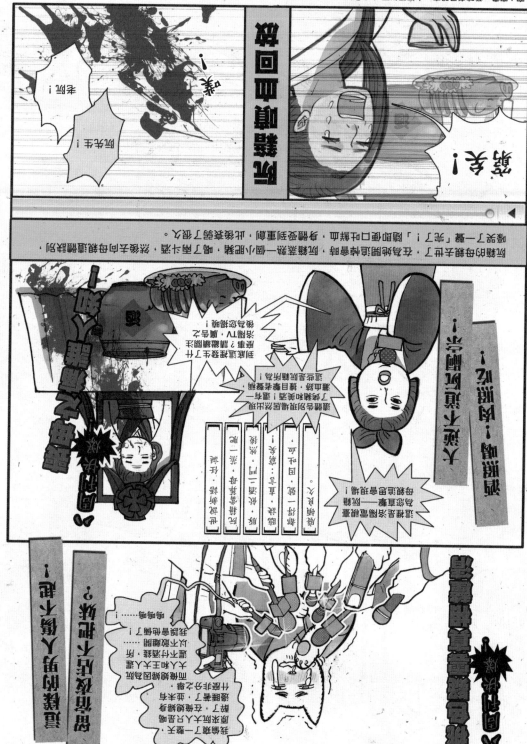

世說新語・任誕

阮籍遭母喪，在晉文王坐進酒肉。司隸何曾亦在坐，曰：「明公方以孝治天下，而阮籍以重喪顯於公坐飲酒食肉，宜流之海外，以正風教。」文王曰：「嗣宗毀頓如此，君不能共憂之，何謂！且有疾而飲酒食肉，固喪禮也！」籍飲啖不輟，神色自若。

阮籍為母親服喪期間，有一次在晉文王的宴席上神色自若的喝酒吃肉。司隸校尉何曾實在看不下去了，出面指責，卻沒想到司馬昭對小阮青睞有加。

> 阮籍身居重喪卻公然在您的宴席上喝酒吃肉，應該把他流放荒漠！以端正風俗教化！

> 曾曾啊～你又不冷靜了～阮阮因為哀傷勞累才喝酒吃肉，這合乎喪禮啊！咱們非但不幫他分憂，還要將他流放，實在說不過去啊～

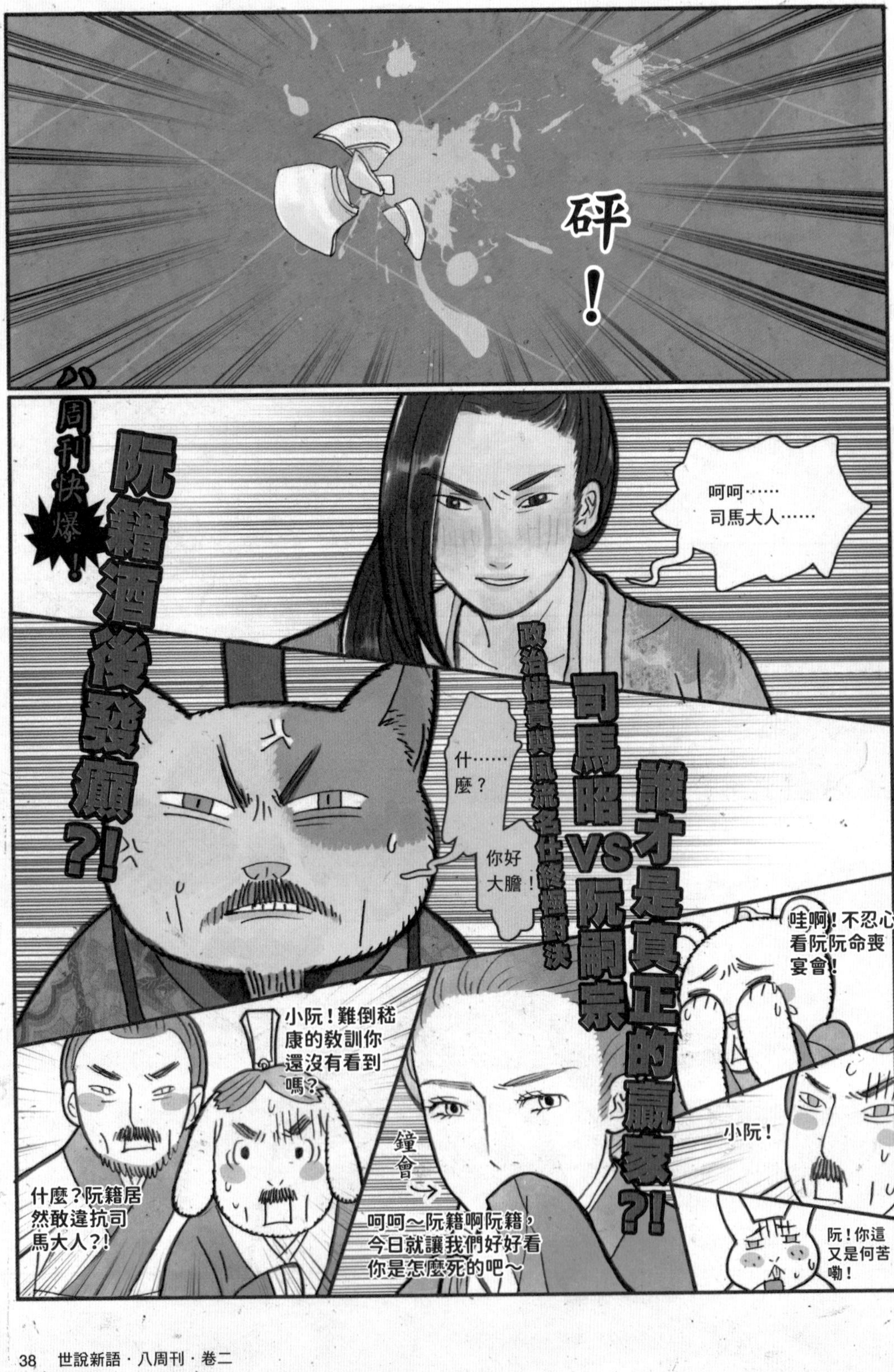

砰！

周刊快爆！

阮籍酒後發癲？！

呵呵……司馬大人……

司馬昭VS阮嗣宗

誰才是真正的贏家？！

政治權謀與風流名仕終極對決

什……麼？

你好大膽！

哇啊！不忍心看阮阮命喪宴會！

小阮！

小阮！難倒嵇康的教訓你還沒有看到嗎？

鍾會→

什麼？阮籍居然敢違抗司馬大人？！

呵呵～阮籍啊阮籍，今日就讓我們好好看你是怎麼死的吧～

阮！你這又是何苦嘞！

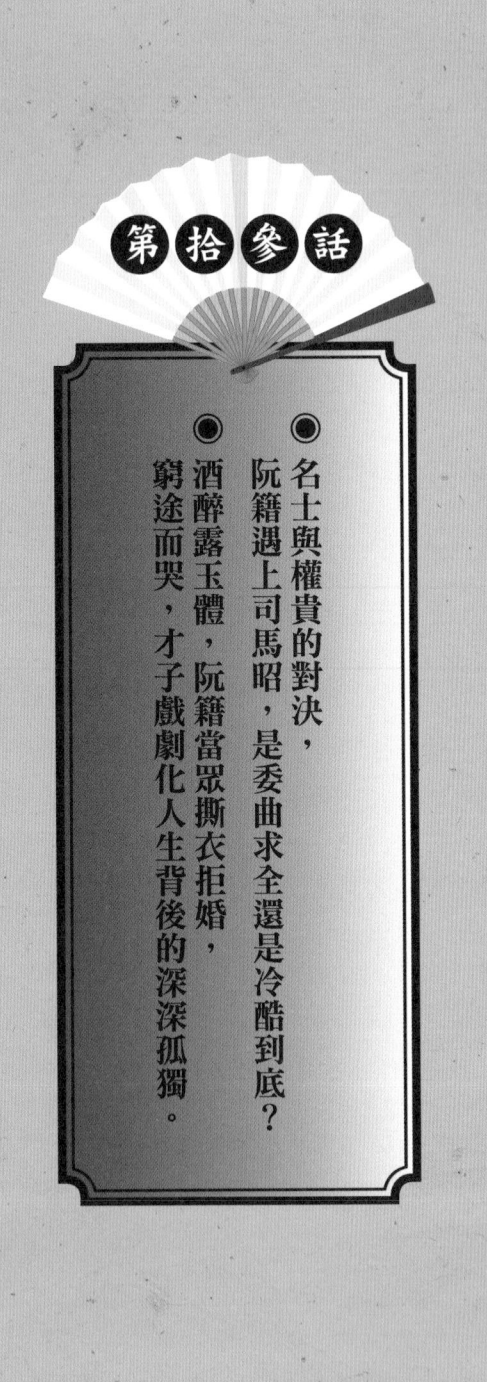

第拾參話

● 名士與權貴的對決，
阮籍遇上司馬昭，是委曲求全還是冷酷到底？

● 酒醉露玉體，阮籍當眾撕衣拒婚，

窮途而哭，才子戲劇化人生背後的深深孤獨。

阮嗣宗酒醉露玉體！
脫衣門網路大飆紅！

話題人物言行出位，兩小時點擊破百萬！

世說新語 八周刊

A New Account of Tales of the World. 8

改編繪畫／豬樂桃

只售新台幣貳拾元

重九會宴！民心所向！

重陽節當日，本著返利於民的宗旨，太守府拿出部分稅收，在洛陽郊外舉行千人長桌宴，邀請各屆鄉民參加，規模空前！官民同樂！氣氛熱烈體現了社會和諧安定百姓安居樂業的繁榮景象！洛陽府在過去一年減捐減稅，廢除了譬如月餅稅、粽子稅等不合理的條目，贏得了多方讚譽！

西域一線歌姬近身扭殺肉搏！

個性小妞雷地嘎嘎和老牌天後麻當娜日前在某節目現場大打出手！你使出九陰白骨爪！我還你吸星大法！招招致命！真是嚇煞主持人喔！！！

今日黃曆

共和國62年 農曆辛卯年【兔年】

宜	10月15日	忌
祭祀 出行 成服 除服 沐浴 入殮	八月十八日 辛酉月 丁酉月	動土 笄冠 徙宅 移市 入宅 開柱 豎
	沖兔 煞東	
正沖	丁卯 值神 建	
胎神	房東門外西南	
彭祖 百忌	癸不詞訟理弱敵強 酉不宴客醉坐顛狂	

阿黃！我們也去應徵吧！

汪！

GOGO！哥們兒畫漫畫之後！一定心繫百姓！精牽中華！先天下之憂而憂！

編輯部：汴京劉氏圖文公司　　　發行：汴京皇都發行總公司　　　訂購方式：每周五早，汴京東城門下發售

哈哈哈

Morning！鐘sir！上來和嗣宗對飲一杯吧！

唔呀～

老爺請用。

晉書・阮籍

文帝初欲為武帝求婚

於籍，籍醉六十日，

不得言而止。

嗶…

咕嚕

阮老爺今日還是不便見客……

什麼！濕身飲酒！

鐘大人，阮老爺又喝多了，不便接客。

什什麼？上房了？！那我明日再來拜見……

司馬昭派鐘會去阮籍家求婚，豈料阮籍為了逃避，日日醉酒，居然一醉就六十多天，司馬昭無奈，放棄了與阮籍結親一事。

罷了罷了，可憐他女兒有個酒鬼父親，怕是嫁不出去了，結親一事休得再提！

司馬大人，阮大人日日酒醉，每次我去拜會，他都醉得不省人事，微臣一直沒有機會說啊。

父親大人，小渾長大了想像您一樣喝酒放任，猖狂不羈！成為無人能馴服、有才華的「小野馬」～！

世說新語・任誕

阮渾長成，風氣韻度

似父，亦欲作達。

什、什麼！

轟隆！

咔嚓！

嘩啦

阮籍的兒子阮渾長大了，想模仿父親張狂放任的氣質……

乖兒啊，你坐下，爹爹和你好好聊聊天！

是！父親！

蹭！

我的侄孫阮簡，也以曠達自居，在給他父親服喪期間，有一日大雪寒冬，實在是又冷又餓，於是吃了一塊肉。

從此就被人非議，以致於30年都做不了官！你想學老子在朝中當官同時又吃酒放任？這其中的尺度把握和奧妙，你能學到幾分？嗯？

！！！

263年10月，小皇帝曹奐被迫加封司馬昭為晉公。

司馬昭為了做足戲分，假意謙遜推託。

世說新語・德行

魏朝封晉文王為公，備禮九錫，文王固讓不受。世公卿將校當詣府敦喻，司空鄭沖馳遣信就阮籍求文。

為了讓文武百官與民眾信服，選擇一位德才兼備，有名望而政治立場保持中立的名仕，「勸說」司馬昭受封。

於是司馬昭集團相中了大才子阮籍，要他寫一篇〈勸進表〉。

當時阮籍在袁孝尼家，這位袁孝尼就是大才子嵇康就戮時提到的——沒有將《廣陵散》教給想學它的那位兄台。

哈哈，袁兄真是彈得一手好琴，不知小康康的《廣陵散》學會否？

哈……別提了，康仔一直不肯教我，求了他好多次了……

沒事兒！下次我去求小康，他一定允啦！

老爺，阮大人，司馬大人的使者前來拜見，說是要阮大人即刻寫出〈勸進表〉。

什麼？居然追到這裡來了！小袁！幫我個忙！

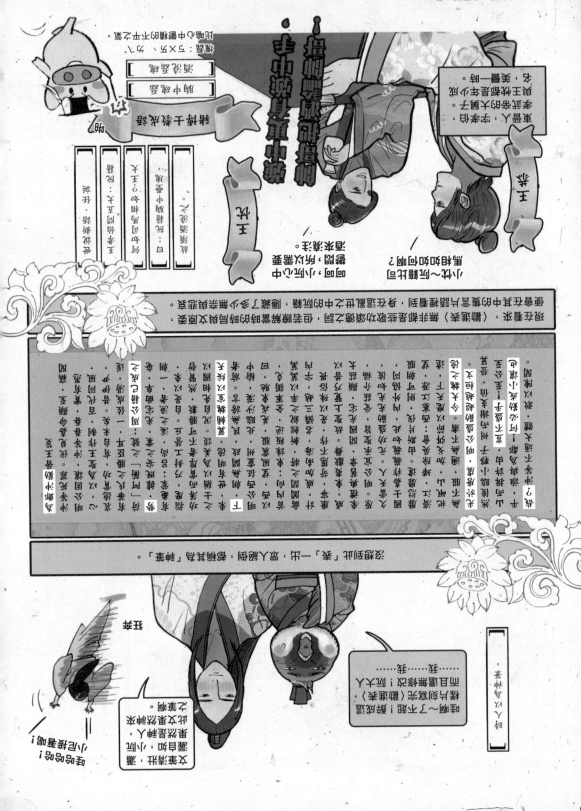

阮籍心中的塊壘，鬱積的是對時政的怨氣，他沒有憤青嵇康的勇氣。勇於站出來公然反對中央政權，

為了保全自己、妻兒以及阮氏家族，就要保持緘默，他的理想與抱負在沉默中漸漸消磨。他用酒精來麻醉自己，「澆滅」自己的悲憤、哀怨與無奈。

東晉孫盛的《魏氏春秋》中記載
「阮籍常率意獨駕，不由徑路，車跡所窮，輒慟哭而返。」

阮籍常常獨自駕車，遇窮途末路時而痛哭流涕。

如此廣闊的世間，
竟會無路可走……

孤獨如此，
孤獨如此！

唔
啊……！

阮籍在無望與絕望中煎熬度日，
西元263年〈勸進表〉完成不久，阮籍去世。

他的至交好友嵇康於同年被司馬昭殺害，
264年導致蜀漢滅亡的鐘會死於兵變。

哇
……

265年，晉文王司馬昭去世。

豬博士教新語

世說新語·容止
劉伶身長六尺，貌
甚醜悴，而悠悠忽
忽，土木形骸。

【譯文】

劉伶身高不過一米四七，容貌醜陋，還晃晃悠悠，蓬頭垢面。

世說新語·任誕
劉伶恒縱酒放達，
或脫衣裸形在屋中。
人見譏之，伶曰：
「我以天地為棟宇，
屋室為褌衣。諸君
何為入我褌中？」

【譯文】

劉伶每次喝醉都會赤身裸體躺在屋中，有人見到就責備他，劉伶卻不在乎的回答：「我以天地為住宅、房屋為衣褲，你們為何要跑到我褲襠裡來呢？」

世說新語·任誕
劉伶病酒，渴甚，從婦
求酒。婦捐酒毀器，
涕泣諫曰：「君飲太
過，非攝生之道，必宜
斷之。」伶曰：「甚
善，我不能自禁，唯
當祝鬼神自誓斷之耳！
便可具酒肉。」婦曰：
「敬聞命。」供酒肉於
神前，請伶祝示。伶跪
而祝曰：「天生劉伶，
以酒為名，一飲一斛，
五斗解酲。婦人之言，
慎不可聽！」便引酒進
肉，隗然已醉矣。

【譯文】

劉伶因為酗酒生病了，還是要酒喝，他妻子擔心他的身體便把所有的酒都倒掉了，所有的酒具都毀了，並哭著勸他必須戒酒。劉伶說：「我可以戒酒，但我酒癮太大，不能自戒，必須在神靈前起誓方能成功，你快去準備些祭司用酒肉吧。」他妻子聽後，信以為真，很快就準備好了供台和祭品。只見，劉伶虔誠的雙腿下跪禱告：「天生劉伶，以酒為名，一杯一飲，五神俱醒，婦女之言，決不可聽。」說完，他便跳上神台，拿著酒瓶就往嘴裡送，不一會兒，就又大醉了。

世說新語‧任誕

阮籍嫂嘗還家，籍
見與別，或譏之。
籍曰：禮豈為我輩
設也？

【譯文】

阮籍的嫂子有一次回娘家，阮籍去看她，按禮制，叔嫂之間不能直接說話，但是阮籍卻與嫂子直接道別，有人認為阮籍不遵禮法而指責他，阮籍說：「禮法豈是為我制訂的？」

世說新語‧任誕

陳留阮籍、譙國
嵇康、河內山濤，
三人年相比，康
年少亞之。預此契
者：沛國劉伶，陳
留阮咸，河內向秀，
琅邪王戎。七人常
集於竹林之下，肆
意酣暢，故世謂竹
林七賢。

【注釋】

契：契會；約會。按：竹林七賢都是意氣相投、縱酒清談的著名人物。

【譯文】

陳留郡阮籍、譙國嵇康、河內郡山濤，這三個人年紀相仿，嵇康的年紀比他們稍為小一些。參與他們聚會的人還有：沛國劉伶，陳留郡阮咸，河內郡向秀，琅邪郡王戎。七個人經常在竹林之下聚會，毫無顧忌地開懷暢飲，所以世人叫他們竹林七賢。

世說新語‧任誕

兵校尉缺，廚中
有貯酒數百斛，
阮籍乃求為步兵
校尉。

【注釋】

兵校尉缺：官名。漢代京師置屯兵八校尉，步兵校尉掌管上林苑屯兵。廚：指步兵營的廚房，其酒為犒勞軍隊而釀造的。

【譯文】

步兵校尉的職位空出來了，步兵廚中儲存著兒百斛酒，阮籍就請求調去做步兵校尉。

世說新語・任誕

阮公鄰家婦，有美色，當壚酤酒。阮與王安豐常從婦飲酒，阮醉，便眠其婦側。夫始殊疑之，伺察，終無他意。

【譯文】

阮籍鄰居的主婦，容貌漂亮，在酒壚旁賣酒。阮籍和安豐侯王戎常常到這家主婦那裡買酒喝。阮籍喝醉了，就睡在那位主婦的身旁。那家的丈夫起初懷疑阮籍，探察他的行為，發現他自始自終也沒有別的意圖。

世說新語・任誕

阮籍當葬母，蒸一肥豚，飲酒二斗，然後臨訣，直言「窮矣」！都得一號，因吐血，廢頓良久。

【注釋】

豚；小豬。窮：窮盡。按：當時孝子哭，大概照例要呼喊「窮、奈、何」，是一種習俗。都：總共。廢：指身體損傷。

【譯文】

阮籍在葬母的時候，蒸熟一個小肥豬，喝了兩斗酒，然後去向母親遺體訣別，只是叫「完了！」號哭了一聲就吐血，身體損傷，衰弱了很久。

世說新語・任誕

阮渾長成，風氣韻度似父，亦欲作達。步兵曰：「仲容已預之，卿不得復爾。」

【譯文】

阮籍之子阮渾也想學父親的樣子放浪形骸，不拘禮法，卻遭到了阮籍的訓斥：「我的侄兒仲容已經這樣了，你不要再學我的樣子了。」

世說新語·任誕

阮籍遭母喪，在晉文王坐進酒肉。司隸何曾亦在坐，曰：「明公方以孝治天下，而阮籍以重喪顯於公坐飲酒食肉，宜流之海外，以正風教。」王曰：「嗣宗毀頓如此，君不能共憂之，何謂！且有疾而飲酒食肉，固喪禮也！」籍飲啖不輟，神色自若。

【譯文】

阮籍在為母親服喪期間，在晉文王的宴席上喝酒吃肉。司隸校尉何曾也在座，對晉文王說：「您正在用孝道治理天下，可是阮籍身居重喪卻公然在您的宴席上喝酒吃肉，應該把他流放到荒漠地方以端正風俗教化。」文王說：「嗣宗哀傷，勞累到這個樣子，您不能和我一道為他擔憂，還說什麼呢！再說有病而喝酒吃肉，這本來就合乎喪禮啊！」阮籍吃喝不停，神色自若。

世說新語·德行

魏朝封晉文王為公，備禮九錫，文王固讓不受。公卿將校當詣府敦喻，司空鄭沖馳遣信就阮籍求文。籍時在袁孝尼家，宿醉扶起，書劄為之，無所點定，乃寫付使，時人以為神筆。

【譯文】

魏朝封晉文王（司馬昭）為公，準備了九錫之禮，晉文王堅不受。文武官員要到他的府上敦促勸喻，司空鄭沖急忙派信使到阮籍那裡，讓他寫勸進文。當時阮籍在袁孝尼（准）家，晚上喝醉了，酒還沒醒。人們把他扶了起來之後，阮籍提筆就寫，絲毫不作修改就給了信使。當時人們認為他是神筆。

世說新語·任誕

王孝伯問王大：「阮籍何如司馬相如？」王大曰：「阮籍胸中壘塊，故須酒澆之。」

【譯文】

王恭問王忱：「阮籍和司馬相如相比怎麼樣？」王忱說：「阮籍胸中的鬱悶，確實需要酒來澆注。」

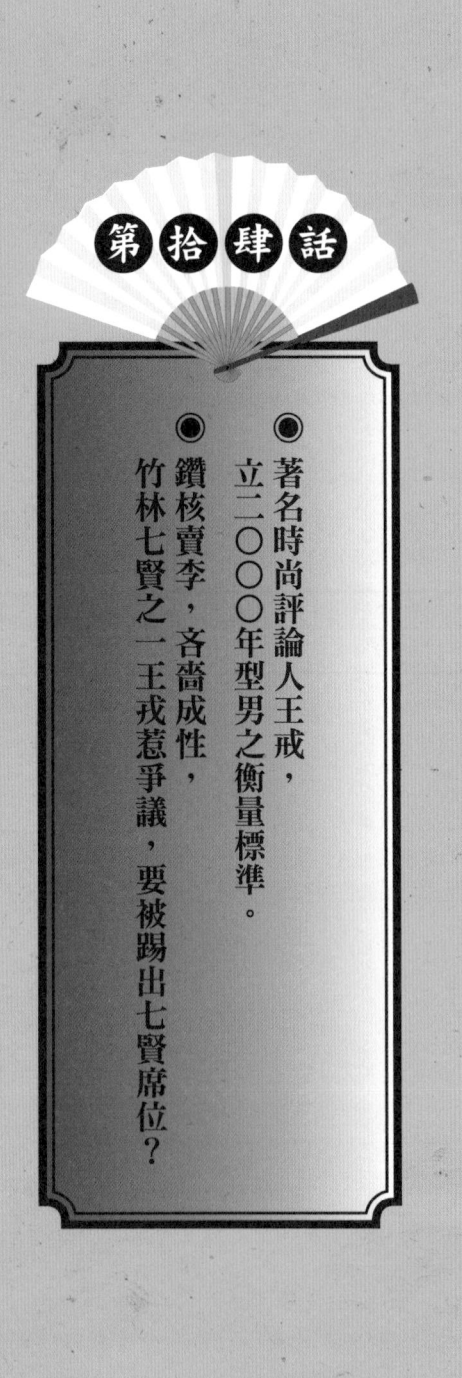

第拾肆話

◎ 著名時尚評論人王戎，立二〇〇〇年型男之衡量標準。

◎ 鑽核賣李，吝嗇成性，竹林七賢之一王戎惹爭議，要被踢出七賢席位？

世說新語·八周刊

A New Account of Tales of the World. 8

改編繪畫－豬樂桃

只售新台幣貳拾元

*詳見第二版

王羲之·蘭亭集序

此地有崇山峻嶺，茂林修竹；又有清流激湍，映帶左右，引以為流觴曲水，列坐其次，雖無絲竹管弦之盛，一觴一詠，亦足以暢敘幽情。

近日一種名為「曲水流觴」的時尚party在豪門望族中悄然興起！僕人將盛了酒的觴放在溪中，由上游浮水徐徐而下，經過彎彎曲曲的溪流，觴在誰的面前打轉或停下，誰就得即興賦詩並且飲酒，詩也做了酒也喝了，還能欣賞美景美男，難怪如此風行！

停杯取酒隨波泛 詠詩論文乘興得

漫步驚心

如果問最近最火的電視劇是哪一部？那麼正在熱播的魏晉穿越劇《漫步驚心》贏得毫無爭議！在洛陽衛視開播以來，掀起收視狂朝，人氣一路飆高！

專家分析其走紅有三大原因：陣容豪華，粉絲狂熱，尊重原著！導演也在考慮拍攝續集，不過一眾大腕兒演員的檔期著實不好敲定啊！

原著 劉義慶
導演 豬樂桃

炯炯有神點評會探班祕聞

品評大會掀風尚，圍爐清談撫琴唱。魏晉帥哥無漏網，王戎誇人不重樣。

編輯部：汴京劉氏圖文公司　　發行：汴京皇都發行總公司　　訂購方式：每周五早，汴京東城門下發售

創帥哥形容詞之先河！
立2000年型男之衡量標準！
著名時尚評論人——王戎
第一屆「炯炯有神點評會」正式宣告全球帥哥指標誕生！

素有「炯炯眼光」之稱的時尚界著名評論家——王戎，邀集各路名仕帥哥舉辦「炯炯有神點評會」，對與會帥哥和仙逝型男們的評論，一律給予最最殷切甜蜜的肯定！可謂誰也不得罪，誰都捧上天！如此嘴甜如蜜的當世朝臣，想不紅都難啊！

哈哈哈

哈哈哈……幾日不見，兄台琴技又長！

阮籍

阮兄過獎！

王衍

小衍的《漁礁問答》加上我的熱茶可謂相得益彰啊～

王戎

來來來，快給我嚐嚐～

山濤

王太尉幾日不見，又白了許多……

嵇康

世說新語・德行

王戎云：與嵇康
居二十年，未嘗
見其喜慍之色。

我和嵇康相處二十年，
從未見過他將喜怒表現
在臉上，可謂是真正的
君子啊～

世說新語・德行

王戎云：太保居在
正始中，不在能言
之流。及與之言，
理中清遠，將無以
德掩其言。

世說新語・賞譽

王戎目山巨源：
如璞玉渾金，人
皆欽其寶，莫知
名其器。

王祥

二十四孝中，
臥冰求鯉的大
孝子。

山濤

豬博士教成語

璞玉渾金

【解釋】比喻天然美質，
未加修飾。多用來形容人
的品質淳樸善良。

我一直好奇，為何太
保王祥沒被納入清談
之列。今日與祥交談，
才知他言談清雅玄遠，
猜測他未被納入
清談之列，應該
是被他崇高的高
尚品德掩蓋了。

濤哥就像璞玉渾金，
人們都喜愛它的珍
貴，卻不能估量它
的真實價值。

啪

阮籍的同族兄長。

西晉大臣，《世說新語 容止》中形容他手白如玉柄。（參見《世說新語‧八周刊》卷一第參話之「悍婦妒妻」專題報導）

世說新語‧賞譽王
戎目阮文業：清倫
有鑒識，漢元以來
未有此人。

小阮清純文雅，有人倫之鑑，自漢代以來還沒有這樣的人。

王太尉儀態高雅清醇，就像玉樹瓊林，天生就是風塵外物。

世說新語‧賞譽王戎
曰：太尉神姿高徹，
如瑤林瓊樹，自然是
風塵外物。

豬博士教成語

風塵外物

【解釋】風塵：指汙濁、紛擾的世俗生活。超越世俗的特出人物。

武元夏

戎哥簡約，而小裴清明通達。

哈哈哈，「清通」這二字用得好！我代替小裴謝謝元夏兄！

世說新語‧賞譽武元
夏目裴、王曰：戎尚
約，楷清通。

王衍

字叔則，曾任中書令。西晉時期重要的朝臣，也是稱著當時的名士。

抽泣

裴令公聰明豁達，超凡脫俗見識卓絕。

可惜他已仙去，若他復生，我一定和他一起死啊～

世說新語・賞譽
王太尉曰：見裴令公精明朗然，籠蓋人上，非凡識也。若死而可作，當與之同歸。或雲王戎語。

嵇紹

世說新語・容止
有人語王戎曰：嵇延祖卓卓如野鶴之在雞群。答曰：君未見其父耳。

有人對王戎說：「嵇康的兒子——嵇延祖（嵇紹）好像仙鶴在野雞群中，出類拔萃！」

嵇康

轟隆隆！

啪！

哇！這玉山崩塌的氣質～
唔呀！

哇啊！ 好帥好美！
好像仙鶴一樣……
切，你們是沒見過他爹！

豬博士教成語

鶴立雞群
【解釋】
像鶴站在雞群中一樣。比喻一個人的儀表或才能在周圍一群人裡顯得很突出。

PLAY GIRL

12
No.158
Dec. 2011
定價 28.8 rmb

轟！

哇呀！好閃！

王戎

字浚沖，琅琊臨沂人。西晉名士，封安豐縣侯，「竹林七賢」中年齡最小的一位。自幼聰穎，身材短小而風姿秀徹。據說能直視太陽而不目眩，那位超凡脫俗的大師哥裴楷對他雙目的評價是——「雙目炯炯有神，就像山崖下的閃電」！

世說新語‧容止

裴令公目王安豐：眼爛爛如岩下電。

晉書‧列傳‧王戎

為人短小，任率不修威儀，善發談端，賞其要會。

是名士愛富豪還是豪邁名仕？

還原王浚沖撲朔迷離真面目！

八卦娛記深入虎穴潛伏十年！

歷經十年，今天終於拿到這個獎……我……我……

抽泣

八卦娛記——豬仔仔假扮丫鬟潛伏王戎府邸數十年，終得獨家爆料！憑藉此壯舉，成為娛記楷模，榮獲西晉最佳娛樂八八獎！

王戎十分吝嗇，侄子結婚，他送了一件單衣，侄子婚後他又去要了回來。

侄兒……那件衣服該還給叔了吧？

哇！

呀啊！

世說新語・儉嗇王戎
一單衣，後更責之。
儉吝，其從子婚，與

王戎的女兒嫁給了裴頠（ㄨㄟˇ），向父親借了幾萬錢。後來女兒每次回娘家時，王戎都擺臉色給女兒看，女兒就趕忙把借的錢還了，王戎這才高興起來。

世說新語・儉吝
女遽還錢，乃釋然。
萬。女婚，戎色不說，
王戎女適裴頠，貸錢數

爹爹，女兒欠您的一萬塊，今天還來了。

唉唷，都是自家人，何必分那麼清楚呢？

快快收起來，放入我的小金庫！

諾！

晉書・列傳・王戎
阮籍與渾為友。

阿渾，叨擾了，我又來啦！

哎呀呀～小阮～幾日未見，想煞哥哥了～

阮籍

王渾

小阮阿戎忘年交！
初見相知迷霧重！

著名帥哥阮籍經常去涼州刺史王渾家玩。

王大人！這是我們的一點心意，您就收了吧。

諸位！不用再勸了！我是不會要這些錢的！

世說新語‧德行王戎

父渾，有令名，官至涼州刺史。渾薨，所

歷九郡義故，懷其德惠，相率致賻數百

萬，戎悉不受。

王大人就算一兩銀子都要算計，可為何卻拒收黃金萬兩？！

王戎的父親王渾，名聲不錯，官至涼州刺史。王渾死後，涼州所轄九郡中的屬下們，感念王渾的美德和恩惠，送來的喪儀達數百萬金，王戎全部拒絕了。

世說新語‧雅量王戎為

侍中，南郡太守劉肇遺

筒中箋布五端，戎不

受，厚報其書。

什麼？就連布匹也不要？！

王戎擔任侍中的時候，南郡太守劉肇給他送來十丈筒中箋布，王戎寫信婉拒。

除去假象之外，剩下的事情，無論你多麼不願意相信，那就是事實！

轟隆！

呃啊！真相到底是什麼？！

無名偵探憑豬仔仔

以測八卦為己任！
尋真相論英雄！
潛伏十年撥開雲霧！

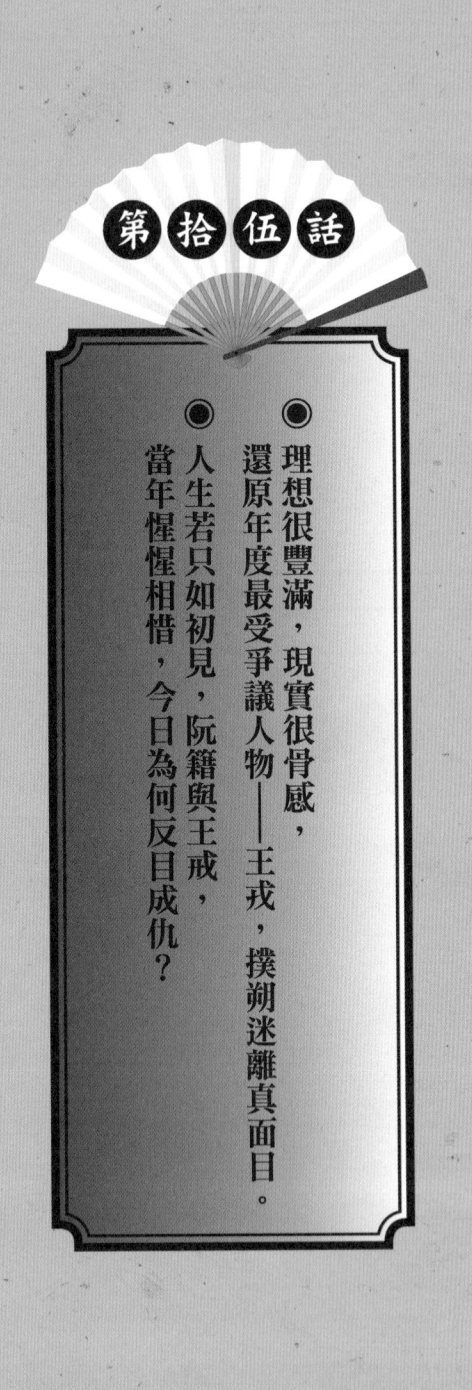

第拾伍話

◉ 理想很豐滿，現實很骨感，
還原年度最受爭議人物——王戎，撲朔迷離真面目。

◉ 人生若只如初見，阮籍與王戎，
當年惺惺相惜，今日為何反目成仇？

名門淑媛 黑夜蜜話？**羞煞人！**
王戎夫婦深夜實錄，讓人掩面羞奔？！
深夜探祕！有圖有真相！

世說新語 八周刊

A New Account of Tales of the World. 8

改編繪畫｜豬樂桃

只售新台幣貳拾元

趙飛燕傳

新春宮廷豪華巨製——《趙飛燕祕史》，由著名「不老女神」劉曉曉主演，收視率破表！不少女性觀眾致電詢問女星劉曉曉護膚祕訣，各大美容廠商競相邀請代言。相關專業人士披露，年近50的劉曉曉容貌如同18歲少女，全憑化妝師濃妝艷抹、燈光師500瓦超亮美容燈光、攝影師柔膚鏡頭之功勞所致！細看劉大媽在該劇中不見一絲皺紋，但眼神呆滯、表情木訥，知情者看的心驚膽戰，生怕劉大媽一顰一笑中，厚重妝容灑落滿地！看來「不老女神」的演技有待修煉啊！

晉朝名士 **富豪排行榜** 發榜！

大富豪石崇（石季倫）位居第一！其財產數額難以估計！！！其他入榜名士有——王愷（王君夫）、王濟（王武子）……令人驚奇的是，本年度最受關注，以一本《三都賦》使得「洛陽紙貴」的新晉名士——左思（左太沖）居然榜上無名？！可見原創文化產業如今仍然無法與商、政相抗衡！

八卦界的奧斯卡——

8 捌捌捌將尖 元旦晚會揭曉！

編輯部：汴京劉氏圖文公司　　發行：汴京皇都發行總公司　　訂購方式：每周五早，汴京東城門下發售

八卦娛記-豬仔仔
假扮丫鬟潛入王府探究竟！
挖掘王戎真面目！

哎呀……

今夜夜探書房，定要找出王戎苦心隱瞞的大祕密！！！

唔……

有了！

騰！

浚沖成長日記

王戎小時候和同伴一起玩，看到路邊有一顆李子樹，上面的果實壓彎了樹枝。

戎戎～這顆李子樹結的李子那麼大～咱們也摘一些嚐嚐！

樹在道路邊，結了那麼多果子卻沒人摘，這肯定是苦李子。

哇啊！好苦！！！

嘻～我說得沒錯吧～！

啪嗒

此時見識不凡的小王戎只有了歲……幾十年後，王戎終於憑此特長，終於種出全國聞名的優良李子樹！

世說新語·雅量·王戎
七歲，嘗與諸小兒
游。看道邊李樹，多
子折枝。諸兒競走取
之，唯戎不動。人問
之，答曰：「樹在道
邊而多子，此必苦
李。」取之，信然。

世說新語・雅量魏明帝於宣武場上斷虎爪牙，縱百姓觀之。王戎七歲，亦往看。虎承間攀欄而吼，其聲震地，觀者無不辟易顛僕，戎湛然不動，了無恐色。

吼！

嘩啦　嘩啦

哇呀呀呀！

救命呀！

猛虎吃人啦！

了不得啊！

嗚汪！

圍觀之人　圍觀之人　圍觀之人　圍觀之人　圍觀之狗

在宣武場，魏明帝讓人和被拔掉牙齒爪子的老虎搏鬥，百姓可以隨便圍觀。王戎才七歲，也來觀看，老虎攀著欄杆吼叫，聲音驚天動地，圍觀的人都驚恐地趴到地上，只有王戎站立不動，毫無懼色！

唔……從記載來看，王大人簡直就是見識不凡的少年英雄！為什麼長大後卻一反英雄本色？

他如此吝嗇怎麼還能加入以狂放豪邁自居的當朝最in男團——「竹林七賢」呢？

為何我會覺得「竹林七賢」在幫助王大人隱瞞一個大祕密呢……

這個祕密究竟是什麼呢？……

謎團！鑽核賣李？！
李子果肉鮮嫩多汁，王戎夫婦如何能鑽壞李核而不破壞李肉？！

謎團！知交好友反目成仇？吝嗇富豪躋身狂放俱樂部？
阿阮阿戎初見面時惺惺相惜！為何將其引薦進入引領當朝狂放不羈風潮的先鋒俱樂部——「竹林七賢」後，反目成仇？為何王戎能夠穩坐「竹林七賢」VIP寶座？

不好！有人！

身為王府貼身丫鬟，在我書房裡鬼鬼祟祟的做什麼？

騰！

躲也沒用……我已經看見你了！

奴家深夜起來解手，沒想到迷路了……

扭捏

轉 轉

把書房當成茅廁，這種謊話你也敢編？那你手上那本《浚沖成長日記》難不成是衛生紙？

你不用再隱瞞了，我已經知道你是《八周刊》派來的臥底記者，之前你看到的所謂「真相」，不過是我將計就計，做戲給你看而已。

什⋯⋯什麼？！

轟隆！

石化

王⋯⋯大人⋯⋯為何⋯⋯為何要如此對我⋯⋯

你可知道「向秀失圖」的故事？

抖 抖

我⋯⋯我不知⋯⋯

在我5歲那年，魏明帝病逝後，司馬氏集團逐漸崛起，所謂「司馬昭之心人盡皆知」。

他為奪權，大力培植羽翼、消滅異己、打擊曹魏勢力，許多不願屈節的士人也因此紛紛被殺。

嵇康因不服晉王司馬昭獨攬朝政，被誣陷殺害，他的死帶給士林極大的震撼。

向秀雖然嘴裡說不想做隱士過田園生活，但心裡卻清楚，若如嵇康一樣隱居山林，那麼一定也會如嵇康一樣落得悲慘命運。面對這位害死自己好友、野心勃勃想要做皇上的司馬昭，他只得說出違心的話語。

「竹林七賢」中的嵇康和向秀兩人，交誼很厚。兩人鍾情林下「鍛鐵」、「灌園」的優游生活，後來，嵇康被慘殺後，向秀在統治者的高壓下勉強出任官職（黃門侍郎、散騎常侍）以求自保。

呵呵～聽說子期特別喜歡隱居，怎麼心血來潮到京城來做官了？

巢父、許由*是孤高傲世之人，不值得我羨慕。

世說新語·言語
嵇中散既被誅，向子期舉郡計入洛，文王引進，問曰：「聞君有箕山之志，何以在此？」對曰：「巢、許狷介之士，不足多慕。」王大咨嗟。

＊巢父、許由：堯舜時期的著名隱士。

從洛陽返家的路上，經過好友嵇康的舊居，聽到鄰人淒惻的笛聲，想起當初與嵇康打鐵、種田的情節，不禁悲從中來，深深悼念嵇康，寫下了情懇意惻的《思舊賦》。賦裡所追思的不僅是對嵇康的深情厚誼，還有對往日自由時光的感懷，對比如今被迫出仕的困境……這賦雖短，卻成了悼念亡友的代表作。

思舊賦
將命適於遠京兮，遂旋反而北徂。
濟黃河以泛舟兮，經山陽之舊居。
瞻曠野之蕭條兮，息餘駕乎城隅。
踐二子之遺跡兮，歷窮巷之空廬。
嘆黍離之湣周兮，悲麥秀於殷墟。
唯古昔以懷今兮，心徘徊以躊躇。
棟宇存而弗毀兮，形神逝其焉如。
昔李斯之受罪兮，嘆黃犬而長吟。
悼嵇生之永辭兮，顧日影而彈琴。
托運遇於領會兮，寄余命於寸陰。
聽鳴笛之慷慨兮，妙聲絕而復尋。
停駕言其將邁兮，遂援翰而寫心。

而我的處境與向秀一樣，也面對著艱難的抉擇，此時的政治形勢，司馬氏代魏已成為必然，投入司馬氏集團是明智的選擇。

為了在亂世與變化無常的官場中自保，為了讓自己更加低調，不讓旁人察覺自己的政治立場，

我不得不變得世俗而庸常——愛財儉嗇，斤斤計較……

每夜散籌算計、鑽核賣李、女兒借錢擺臉色……都是王大人裝出來的？！

阮籍大人對王大人忽而親熱忽而刻薄也是為了配合王大人做戲而已？！

而我卻將其報導，讓王大人的聲譽受損……

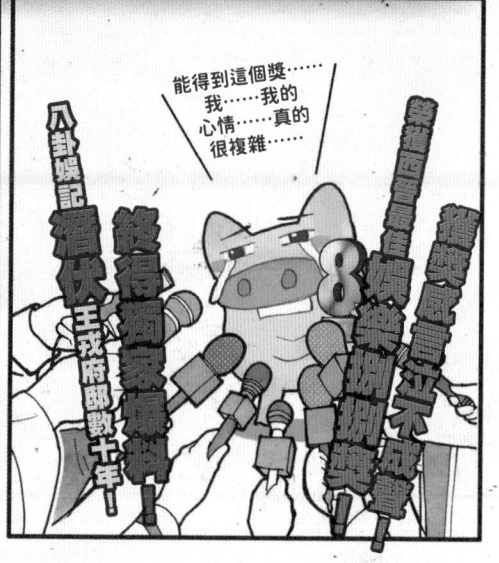

四十年後・公元306年
王戎逝世一週年

嗶……

王大人，一別四十年……今日我帶著小孫子來拜祭您……

爺爺～爺爺～這位就是歷史書上寫的王戎嗎？

教書先生告訴我，當年是您揭露了王戎的吝嗇真面目！還因此得了捌捌獎～

王大人啊……沒想到當年我們作假的那些八卦，如今居然寫進了史書……

您真正的為人恐怕這世間除我之外，無人能知了……可是……我終有一日也會歸於塵土啊……

爺爺？

乖孫兒……要叫王大人……

王大人……你還記得四十年前，我們分別時的情景嗎？

豬仔，我正好要出公差，順路送你一程吧……

王大人，這次我因您獲獎，從此之後，我們便無法相見了……

嗚嗚嗚……

豬仔，如今我家人丁興旺、事業順利，多虧你和竹林四賢們幫我隱瞞了這麼多年，

我敬你一杯！

王大人……

我又怎能和竹林四賢相提並論呢？但是我對王大人的情誼，就如同阮籍阮大人一般……

阮大人對您的評論被我刊登出來後，引起軒然大波，恐怕將被後世記住啊……

你爆料的那幾個段子，又何嘗不是被引為經典呢？

哈哈哈哈哈哈

可惜……阮籍大人和嵇康大人早已不在人世了……

豬仔，你看那邊～

嗶……

世說新語・傷逝

王濬沖為尚書
令，著公服，乘
軺車，經黃公酒
壚下過。顧謂後
車客：「吾昔與
嵇叔夜、阮嗣宗
共酣飲於此壚。
竹林之游，亦預
其末。自嵇生夭、
阮公亡以來，便
為時所羈絏。今
日視此雖近，邈
若山河。」

那裡就是我和小
阮、阿康常常光
顧的黃公酒壚～
當年我們一起在
這裡暢飲，一起
手拉手去竹林玩
耍……

自從嵇康早逝，阮
籍亡故以後，我就
為世事羈絆，現在
酒壚雖近在眼前，
往事舊人卻像是隔
著萬重山河了……

嗄……

豬博士教成語

【 邈若山河 】

邈 ㄇㄧㄠˇ。
【解釋】形容遙遠得如隔山河。

豬博士教新語

嘿唷　啪！　唷！

世說新語‧德行

王戎云：與嵇康
居二十年，未嘗
見其喜慍之色。

【譯文】

王戎說：「我和嵇康相處二十年，從未見過他將
喜怒表現在臉上，可謂是真正的君子啊～」

世說新語‧德行

王戎云：太保居
在正始中，不在
能言之流。及與
之言，理中清遠，
將無以德掩其言。

【譯文】

王戎說：「太保王祥生活在正始年間，卻沒被納入
清談之列。今日與祥交談，才知他言談清雅玄遠。
我猜想他未被納入清談之列，應該是被他崇高的德
行掩蓋了。」

世說新語‧賞譽

王戎目山巨源：
如璞玉渾金，人
皆欽其寶，莫知
名其器。

【譯文】

王戎品評山巨源（山濤）：「就像未經雕琢的玉
石，未經提煉的礦石，人們都喜愛它的珍貴，卻
不能估量它的真實價值。」

世說新語‧賞譽

王戎目阮文業：
清倫有鑑識，漢
元以來未有此人。

【譯文】

王戎品評阮文業：「清純文雅，有人倫之鑑，自漢
代以來還從沒有這樣的人。」

世說新語・賞譽

武元夏目裴、王曰：

戎尚約，楷清通。

【譯文】

武元夏品評裴楷、王戎說：「王戎簡約，裴楷清明通達。」

世說新語・賞譽

王戎曰：太尉神姿高徹，如瑤林瓊樹，自然是風塵外物。

【譯文】

王戎說：「太尉（王衍）儀態高雅清醇，就像玉樹瓊林，天生就是超脫世俗的人物。」

世說新語・容止

有人語王戎曰：嵇延祖卓卓如野鶴之在雞群。答曰：君未見其父耳。

【譯文】

有人對王戎說：「嵇延祖（嵇紹）卓然超拔，如鶴立雞群。」王戎答道：「你還沒見過他爹！」

世說新語・賞譽

王太尉曰：見裴令公精明朗然，籠蓋人上，非凡識也。若死而可作，當與之同歸。或雲王戎語。

【譯文】

王太尉（王衍）說：「看到裴令公（裴楷）聰明豁達，超凡脫俗，見識卓絕。如果死可復生，一定和他為伍。」也有人說這是王戎說的。

世說新語・容止

裴令公目王安豐：眼爛爛如岩下電。

【譯文】

裴令公（裴楷）品評王安豐（王戎）：「雙目炯炯有神，就像山崖下的閃電。」

世說新語・容止

有人詣王太尉，遇安豐、大將軍、丞相在坐。往別屋，見季胤、平子。還，語人曰：今日之行，觸目見琳琅珠玉。

【譯文】

有人去拜訪王太尉（王衍），遇到安豐侯（王戎）、大將軍（王敦）、丞相（王導）在座。到另一間屋子，又見到季胤（王詡）、平子（王澄）。回去後，對別人說：「今天出行，抬眼就看到琳琅珠玉。」

世說新語·儉嗇

王戎儉吝，其從子婚，與一單衣，後更責之。

【譯文】
王戎十分吝嗇，侄子結婚，他送了一件單衣，侄子婚後他又去要了回來。

世說新語·儉嗇

王戎有好李，賣之，恐人得其種，恒鑽其核。

【譯文】
王戎家的李子樹很好，賣李子時他生怕別人會得到李子樹種，就把李子核給鑽了。

世說新語·惑溺

王安豐婦，常卿安豐。安豐曰：「婦人卿婿，於禮為不敬，後勿復爾。」婦曰：「親卿愛卿，是以卿卿。我不卿卿，誰當卿卿？」遂恒聽之。

【譯文】
王安豐（王戎）的妻子常稱他為卿。王安豐說：「妻子稱丈夫為卿是不禮貌的，以後不要再這樣了。」妻子說：「我親你愛你，所以才稱你為卿。我不稱你為卿，誰該稱你為卿呢？」從此王安豐就任憑她一直這樣叫了。

世說新語·儉嗇

司徒王戎既貴且富，區宅、僮牧、膏田水碓之屬，洛下無比。契書鞅掌，每與夫人燭下散籌算計。

【譯文】
司徒王戎地位顯貴，十分富有，家中的宅院、奴僕、田地以及水碓之類的財，在洛陽無人能和他相比。家裡有很多帳本，晚上他就和妻子一起，在燭光下擺開籌碼算帳。

世說新語·排調

嵇、阮、山、劉在竹林酣飲，王戎後往。步兵曰：「俗物已復來敗人意！」王笑曰：「卿輩意，亦復可敗邪？」

【譯文】
嵇康、阮籍、山濤、劉伶在竹林下暢飲，王戎後來到了。阮籍說：「俗人又來敗壞我們的興致了！」王戎笑著說：「你們這些人的興致，也是別人能敗壞的嗎？」

世說新語·儉嗇

王戎女適裴頠，貸錢數萬。女歸，戎色不說，女遽還錢，乃釋然。

【譯文】
王戎的女兒嫁給了裴頠，向父親借了幾萬元。女兒回娘家時，王戎的臉色很不好，女兒就趕忙把借的錢還了，王戎這才高興起來。

世說新語・德行

王戎父渾，有令名，官至涼州刺史。渾薨，所歷九郡義故，懷其德惠，相率致賻數百萬，戎悉不受。

【譯文】

王戎的父親王渾，名聲不錯，官至涼州刺史。王渾死後，涼州所轄九郡中的屬下們，感念王渾的美德和恩惠，送來的奠儀達數百萬金，王戎全部拒絕了。

世說新語・雅量

王戎為侍中，南郡太守劉肇遺筒中箋布五端，戎雖不受，厚報其書。

【譯文】

王戎擔任侍中的時候，南郡太守劉肇給他送來十丈筒中箋布，王戎雖然沒要，但卻很誠摯地給他回了一封信。

世說新語・雅量

魏明帝於宣武場上斷虎爪牙，縱百姓觀之。王戎七歲，亦往看。虎承間攀欄而吼，其聲震地，觀者無不辟易顛僕，戎湛然不動，了無恐色。

【譯文】

在宣武場，魏明帝讓人和拔掉牙的老虎搏鬥，百姓可以隨便圍觀。王戎才七歲，也來觀看，期間老虎攀著欄杆吼叫，聲音驚天動地，圍觀的人都驚恐地趴到地上，只有王戎站立不動，毫無懼色。

世說新語・雅量

王戎七歲，嘗與諸小兒游。看道邊李樹，多子折枝，諸兒競走取之，唯戎不動。人問之，答曰：「樹在道邊而多子，此必苦李。」取之，信然。

【譯文】

王戎七歲的時候，曾和一群小孩一塊兒玩。發現路旁的李子樹上結了很多李子，把樹枝都壓彎了。小孩們都爭先恐後，跑過去摘李子，只有王戎一人站在那裡沒去。有人問他，他答道：「樹在道路邊，結了那麼多果子卻沒人摘，這肯定是苦李子。」摘下一嚐，果然如此。

世說新語・傷逝

王浚沖為尚書令，著公服，乘軺車，經黃公酒壚下過。顧謂後車客：「吾昔與嵇叔夜、阮嗣宗共酣飲於此壚。竹林之游，亦預其末。自嵇生天、阮公亡以來，便為時所羈紲。今日視此雖近，邈若山河。」

【譯文】

王浚沖（王戎）作尚書令時，一次穿著公服，乘著輕便馬車經過黃公酒壚。他回頭對車後面的客人說：「從前我和嵇叔夜（嵇康）、阮嗣宗（阮籍）一起在此暢飲。竹林同遊，我也忝列其末。自從嵇康早逝，阮籍亡故以後，我就為世事羈絆，現在酒壚雖近在眼前，往事舊人卻像是隔著萬重山河了。」

第拾陸話

- 高富帥大混戰，魏晉「非誠勿擾」女選男版，白嫩美男何晏天生雪肌，掀起裸露服散之時尚！
- 電眼和尚看破紅塵，退出風流名士圈，帥得人神共憤，花心帥哥挑戰自戀高峰。

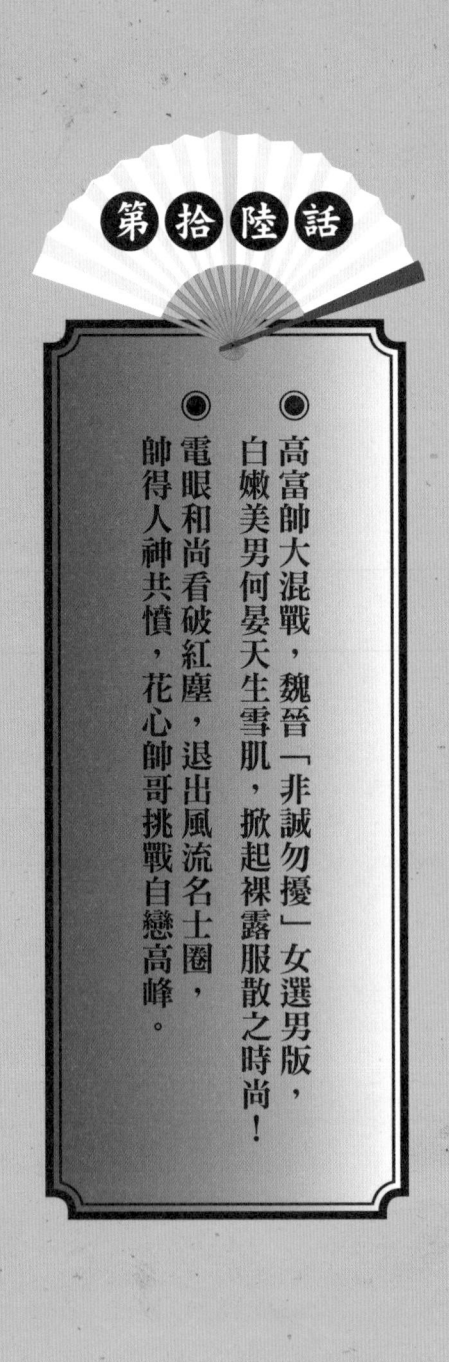

世說新語·八周刊

A New Account of Tales of the World. 8

改編繪畫—豬樂桃

只售新台幣貳拾元

暑期特別企劃,打造心跳回憶!

【型男鑑賞手冊3】

白嫩美男、自戀名士、愛哭和尚、閃電玉人……眾帥富大混戰!

天生麗質難自棄,
遭貶只因太美麗?
文武百官人心惶!

「玉人」夏侯玄因太過美貌遭魏明帝貶職?

美麗有罪!真耶?假耶?

圖中三人行,撲朔迷離懸念生
欲知真相,請見增刊

魏明帝　魏明帝的小舅子　「玉人」夏侯玄

是心機裸妝
還是天生雪肌?

魏明帝揭祕何晏真面目!

今 日 黃 曆

共和國64年 農曆壬辰年【龍年】

宜	6月15日	忌
嫁娶 祭祀 祈福 求嗣 開光	四月二十五日 壬辰年 乙巳月 丙子日	
	沖鼠　煞北	
正沖	庚午　值神	危
胎神	廚灶碓外西南	
彭祖 百忌		

＊廣告

真愛網 www.zhenai.cn

真愛,幫我找到帥氣的他!

最大的線上交友平台,成功案例眾多。
專業一對一紅娘服務,為您尋尋覓覓。
即日起免費註冊,對單身說NO!

洛陽會員 小喵喵♥夏日百合

健康會員 寒星♥暖陽
江陵會員 劉犬丙♥李姑娘
龍城會員 慕容太太♥小妖

3600名優質單身會員遍布十都會,每天都有成功案例~

編輯部:汴京劉氏圖文公司　　發行:汴京皇都發行總公司　　訂購方式:每周五早,汴京東城門下發售

多虧了何晏，
五石散才能成
為全球熱門飲
品！

喜鵲衛士人物專訪
張仲景與五石散

世說新語‧言語

何平叔云：服五石

散，非唯治病，亦

覺神明開朗。

何晏，字平叔，南陽宛（今河南南陽）人，三國時期魏國玄學家，少年時英俊不凡、聰慧過人而被曹操收為「義子」。
因其膚色細膩白嫩而開啟了魏晉南北朝美男子以白為美的標準。因平日喜著女裝，常與魏明帝曹睿撞衫而結下樑子，曹
丕之子魏明帝即位後，就不怎麼待見他了。

何平叔參
見皇上。

哇～！真的
好白哦～

白得好刺眼！

切，何晏肯定是
擦了粉才這麼白
嫩，寡人今天就
來揭穿你！

魏明帝

小晏，寡人
急召你入朝，
一定餓了吧～
呵呵！

來來來，
先把這碗湯餅
吃了吧？

何大人請用～

世說新語‧容止

何平叔美姿儀，

面至白。魏明帝

疑其傅粉。

何晏可謂是魏晉時期高富帥、白嫩美之時尚創始者！他平日最喜服五石散，服散後因要散熱需袒露身體、赤著薄衣，後被眾多帥哥級別的後輩名士們（如：嵇康、阮籍等）爭相仿效，掀起「裸露服散」之時尚旋風！

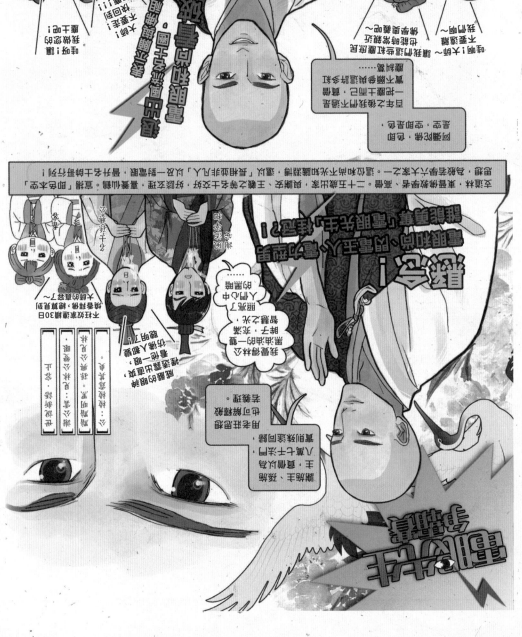

小衍啊～聽聞裴裴抱恙，你替寡人探望探望～

晉惠帝

字夷甫 王衍

小裴平日不做修飾，蓬頭垢面也如同在玉山上行走一般光彩照人，

他這一病，樣貌一定憔悴了不少……

世說新語·容止
裴令公有俊容儀，脫
冠冕，粗服亂頭皆
好，時人以為玉人。
見者曰：「見裴叔
則，如玉山上行，光
映照人。」

世說新語·容止
裴令公有俊容姿。一
旦有疾，至困，惠帝
使王夷甫往看。裴方
向壁臥，聞王使至。
強回視之。王出，語
入曰：「雙眸閃閃，
若岩下電；精神挺
動，體中故小惡。」

裴楷，字叔則，西晉時期重要的朝臣，儀表出眾，風神高邁，容儀俊爽，人們都說他是玉人。
後來因政務繁忙而病倒，晉惠帝派了同有「玉人」美名的王夷甫去看望他。

哎呀……

王大人，恕我不能起身相迎……

咔嚓！

哇嚇！

嗞啦

嗞啦

這……這眼神！明明是病人！為何眼光如此閃亮？！彷彿岩石下的道道閃電直射我心！！！

我雖與他同稱「玉人」，但是卻完敗在這炯炯目光之下！！！

咳咳咳……

最近我因過於操勞國家大事而積勞成疾，電眼不復，甚至還有些四處漏電……

噝啦

噝啦

噝啦

所以，我推薦——

王戎！

好刺眼！

哇呀

呀！

他目光灼灼射人，像岩下閃電……咳咳咳……

健康的他要比操勞過度的我更配拿到「電眼先生」……咳咳咳

世說新語‧容止

裴令公目王安豐：眼爛爛如岩下電。

不愧是一代名臣！雖主動推薦王戎！但是場上的24位庶民依舊力挺裴楷！

有我裴護你，一路永相隨

裴裴！別怕！有我！

你是我的眼！照亮全世界！

裴 我們等你

叮！

不過眼光犀利的外籍評審各持己見！

I like Mr. Wang! ～

Mr. Pei Pei is cute!

我兒衛玠也是體弱多病、英俊不凡……

通過

我公公與小裴同朝爲官，裴裴！祝你早日康復！

通過

哎……裴裴居然力挺我老公……真讓人心憐……

通過

見證奇蹟的時刻！體弱多病的裴裴贏得主婦評審同情票！

咔嚓！

謝謝所有的裴粉們，有你們的支持，我不會倒下喔！

噝啦

什麼？！瞬間恢復電力十足！

難道剛才是佯裝病態博同情？！好深的心機！

裴楷獲封電眼先生無懸念！

不是最英俊
卻要最自戀
王濛勇奪自戀型男
TOP1！

哦？阿奴來了？快請～

王大人，王長史拜見。

王洽（323～358）字敬和，東晉書法家，書通善，尤能隸行。丞相王導之子。

道林兄……

是我眼花了嗎？

刷———！

王長史（王濛）擔任中書郎時，去王敬和（王洽）那裡。
當時地上積雪皚皚，王濛在門外下車，穿著公服緩緩步行進入尚書省。

世說新語·容止

王長史為中書郎，往敬和許。

爾時積雪，長史從門外下車，

步入尚書，著公服，

霸王帽店·建康·十字街總店

帥哥，看您那麼帥～本季新品三折賠本賣～真的不能再便宜了！

您也可用一斛米或者十五尺絹*來換～

可……可是……阿奴還是買不起呀……

嚇？那不是小濛濛？

什麼？！

* 魏晉南北朝時期因戰亂頻發政局動蕩，百姓重穀帛而輕貨幣，常以穀米與織絹代替貨幣貿易。

嗚哇～算了啦～姑娘我自掏腰包送你～！誰叫你那麼可愛惹人憐～！

小濛～！沒有帽子戴也不早點說～來姐姐送你～！

咦？媳婦兒……

濛濛！快來！戴這頂！

嗚啊……阿奴怎麼可以接受姐姐們的帽子呢～

那就這頂吧～姐姐們以為如何？

裴啟語林

乃得新帽。

就帽嫗戲，乃入帽肆，

自以形美，又酷貧，帽敗，

哇呀呀呀呀～果然只有濛濛才配得上這頂鎮店之寶！太可愛了～姐姐好喜歡～

趕快試試我這頂冠帽～

媳婦兒！那是俺的帽啊！

哇啊～濛濛～這頂很配你耶！

連阿花都被這小子迷住了！我恨帥哥！

王濛年輕的時候有些輕浮，愛好收集各式帽子的他，因其帥氣的外表，經常得到帽店老闆娘的免費贈送～後來，王濛市帽的典故與韓壽竊香，一併成為古今中外把妹之典範。

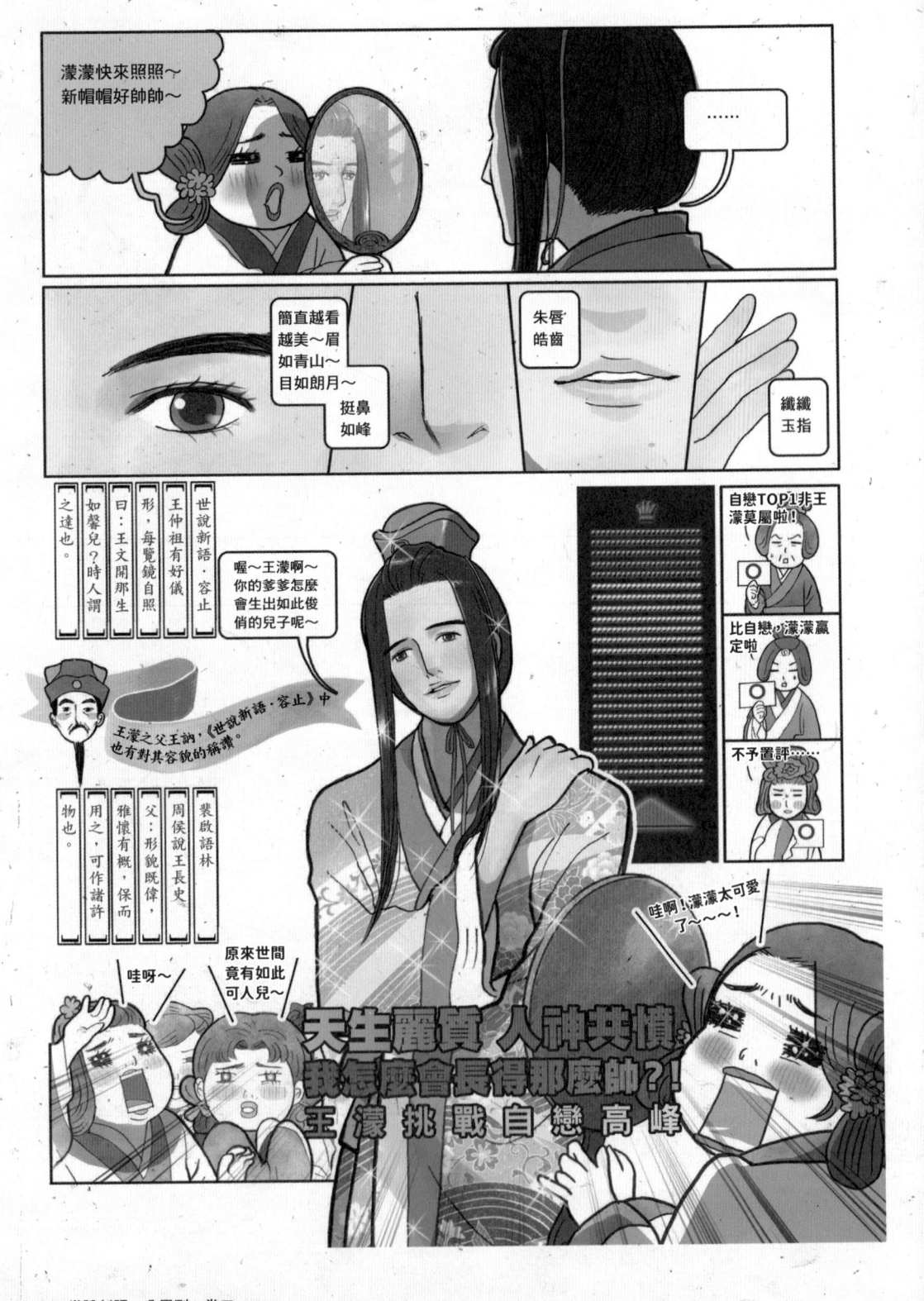

濛濛快來照照～
新帽帽好帥帥～

......

簡直越看
越美～眉
如青山～
目如朗月～

挺鼻
如峰

朱唇
皓齒

纖纖
玉指

世說新語・容止
王仲祖有好儀
形，每覽鏡自照
曰：王文開那生
如馨兒？時人謂
之達也。

喔～王濛啊～
你的爹爹怎麼
會生出如此俊
俏的兒子呢～

自戀TOP1非王
濛莫屬啦！

比自戀，濛濛贏
定啦！

不予置評……

王濛之父王訥，《世說新語・容止》中
也有對其容貌的稱讚。

裴啟語林
周侯說王長史
父：形貌既偉
雅懷有概，保而
用之，可作諸許
物也。

哇啊！濛濛太可愛
了～～～！

哇呀～

原來世間
竟有如此
可人兒～

**天生麗質人神共憤，
我怎麼會長得那麼帥？！
王濛挑戰自戀高峰**

玉人小蒨子因太過美貌遭貶職？ 天理何在？！

八卦爆爆田 Gossip Field

世說新語‧容止

魏明帝使后弟毛曾與夏侯玄共坐，時人謂兼葭倚玉樹。

夏侯玄

字太初，三國時期曹魏大臣、玄學家，被譽為「四聰」之一，他和何晏等人開創魏晉玄學的先河，是早期的玄學領袖。

美貌也有錯？！文武百官心惶惶！

魏明帝叫皇后的弟弟毛曾和夏侯玄並排坐在一起，當時的人評論說這是倚玉樹蘆葦依靠著玉樹。
夏侯玄因與醜男曾並排坐著而感到恥辱，露出不爽的神情，曹睿看到後很不高興，將他貶為羽林監。

什麼？長得太美也有錯？！那我豈不是也要被貶職？！

哇呀！天生麗質難自棄啊！就算再如何掩飾也無法遮蓋我的美貌！

小玄玄！別離開我們！

怎麼辦？！神啊！為何你如此不公！非要將美貌與才華集中在我一個人身上！！

呵呵，少了夏侯玄，今年最美大臣的冠軍非我莫屬！

朝中美大臣

豬博士教新語

嘿唷　啪！　唷！

世說新語·言語
何平叔云：服五
石散，非唯治病，
亦覺神明開朗。

【譯文】

何平叔說：服用五石散，不只是為了治病，還覺得神清氣爽。

世說新語·容止
謝公云：「見林公雙
眼，黯黯明黑。」孫
興公見林公：「稜稜
露其爽。」

【譯文】

謝安說：「我覺得林公一雙眼睛黑油油的，能照亮黑暗的地方。」孫興公也覺得支道林是：「威嚴的眼神裡透露出直爽。」

世說新語·容止
何平叔美姿儀，面至
白。魏明帝疑其傅粉。
正夏月，與熱湯餅。
既啖，大汗出，以朱
衣自拭，色轉皎然。

【譯文】

何平叔相貌很美，臉非常白。魏明帝懷疑他擦了粉，想查看一下，當時正好是夏天，就給他吃熱湯麵。吃完後，大汗淋漓，自己擦起紅衣擦臉，臉色反而更加光潔。

世說新語·容止

裴令公有俊容姿。一旦有疾，至困，惠帝使王夷甫往看。裴方向壁臥，聞王使至，強回視之。王出，語人曰：雙眸閃閃，若岩下電；精神挺動，體中故小惡。

【譯文】

中書令裴楷容貌俊美。有一次生了病，非常疲乏，晉惠帝派王夷甫去看望他。這時裴楷正向著牆躺著，聽說王夷甫奉命來到，就勉強回過頭來看看他。王夷甫告辭出來後，告訴別人說：「他雙目閃閃，好像山岩下的閃電；可是精神分散，身體確實有點不舒服。」

世說新語·容止

王長史為中書郎，往敬和許。爾時積雪，長史從門外下車，步入尚書，著公服，敬和遙望，嘆曰：「此不復似世中人！」

【譯文】

王長史（王濛）擔任中書郎時，去王敬和（王洽）那裡。當時地上積雪皚皚，王濛在門外下車，穿著公服步行進入尚書省。王濛身穿公服。王敬和遠遠望見他，讚嘆道：「這簡直就不像是塵世中的人啊！」

世說新語·容止

裴令公有俊容儀，脫冠冕，粗服亂頭皆好，時人以為玉人。見者曰：「見裴叔則，如玉山上行，光映照人。」

【譯文】

中書令裴叔則儀表出眾，即使脫下禮帽，穿著粗陋的衣服，頭髮蓬鬆，也都很美，當時人們說他是玉人。見到他的人說：「看見裴叔則，就像在玉山上行走，感到光彩照人。」

世說新語·容止

王仲祖有好儀形，每覽鏡自照曰：王文開那生如馨兒？時人謂之達也。

【譯文】

王濛很愛美，每次對著鏡子照自己的情影，便忍不住自問：「我的父親啊～你怎麼會生下如此美貌的兒子呢？」

世說新語·容止

林公道王長史：「斂衿作一來，何其軒軒韶舉。」

【譯文】

支道林評論長史王濛說：「嚴肅起來，作事專一了，儀態多麼軒昂優美啊！」

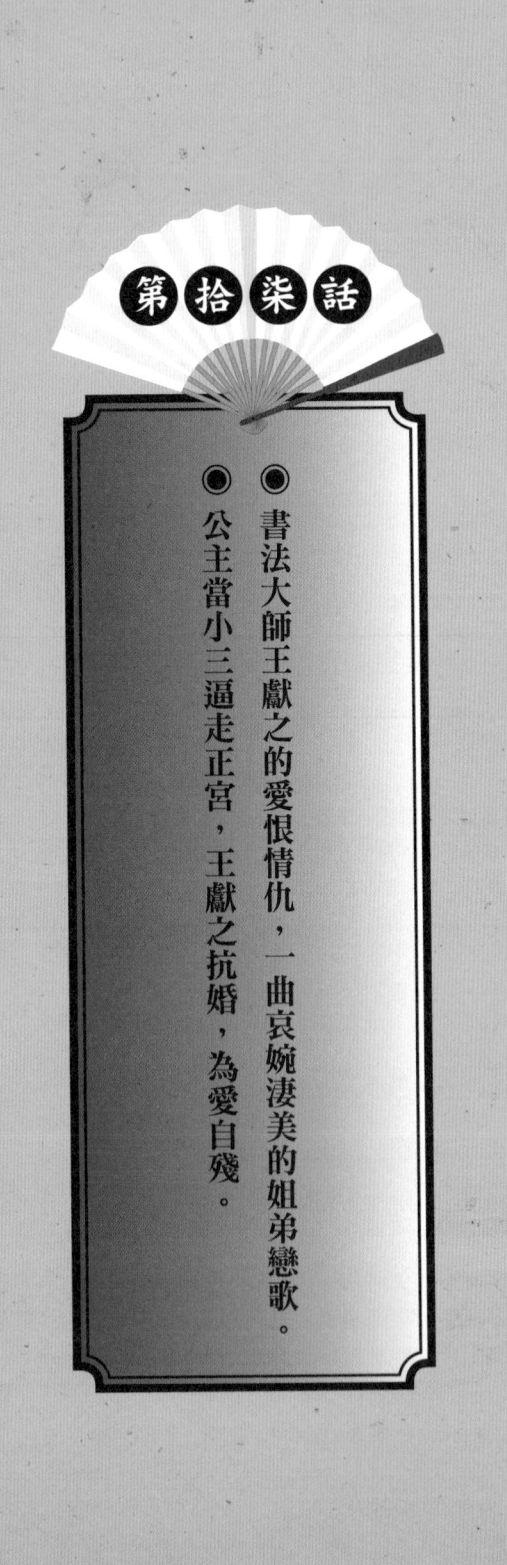

第拾柒話

◎ 書法大師王獻之的愛恨情仇，一曲哀婉淒美的姐弟戀歌。

◎ 公主當小三逼走正宮，王獻之抗婚，為愛自殘。

三歲看老，本性天然王子敬！

少有盛名，高邁不羈，容止不怠，風流之冠。

坐在南邊這位要輸了。

小小年紀，說的話不過是管中窺豹*。

王獻之的特徵就是——傲氣＋才氣，這從他小時候就能看出來，在他年幼時，一日觀看門客玩樗蒲*，眼見他們要分輸贏，便忍不住提醒。

世說新語・方正

王子敬數歲時，嘗看諸門生樗蒲。見有勝負，因曰：南風不競。門生輩輕其小兒，乃曰：此郎亦管中窺豹，時見一斑。

*樗蒲（ㄕㄨ ㄆㄨˊ）：古代一種賭博遊戲，擲的骰子最初是用樗木製成。

豬博士教成語

管中窺豹

【解釋】
從竹管的小孔裡看豹，只看到豹身上的一塊斑紋。

【釋義】
比喻只看到事物的一部分，指所見不全面或略有所得。

【近義詞】
窺豹一斑、管窺所及、以管窺天。

【反義詞】
洞若觀火、一目了然。

王子敬聽到門客們輕視他是小孩子沒見識，便瞪著眼怒道——

比遠的，我愧對荀奉倩！比近的，我愧對劉真長！

子敬瞋目曰：遠慚荀奉倩，近愧劉真長。遂拂衣而去。

不和你們這些小人玩了！
小鴨鴨我們走！

這孩子到底在講什麼啊？

騰！

嗆嗆嗆嗆！豬博士為你排疑解難！

刷

這又是演哪一齣啊？

刷

砰！

王獻之小朋友說的荀奉倩和劉真長，都是有才華、有相貌、有品味的大名仕！更重要的是，他們結交的朋友都很有檔次！

熱心腸的痴情漢！

交友廣泛、有識人之才的玄學大師！

荀奉倩

劉真長

什麼？把我們比作荀奉倩和劉真長？

真是不好意思呐，過獎過獎～

Stupid！王獻之的意思是：他比不上這兩位名仕所結交的朋友！

也就是說，你們兩人不值得成為他的朋友！

嚇？那麼複雜！他是小孩子嗎？

直接說不想和我們交朋友不就得了，幹嘛兜圈子啊……

照你的意思和他們解釋了，不過好像沒什麼用……

切！我才不稀罕和他們一起玩，有小鴨鴨就夠了！

來來來，接著玩！哈哈哈～

嘎！

抽泣

王獻之從小就表現出與眾不同，清高自傲、特立獨行的個性，長大之後更是有增無減，既寡言少語，又不太拘禮數。不過他的領導——帥哥丞相謝安對他很讚賞。

王獻之和兩個哥哥一起去拜訪謝安，子猷、子重，兩人說了很多俗事，子敬只是略作寒暄而已。
三兄弟走後，在座的客人問謝安：「剛才的三位賢士哪個最好？」謝安評價道：「小的最出色。」

既出，坐客問
謝公：向三賢孰
愈？謝公曰：小
者最勝。客曰：
何以知之？謝
公曰：吉人之辭
寡，躁人之辭
多。推此知之。

二表嫂家的小公子那是相當可愛。

謝大人有去過萬花樓？那裡有位名妓，那是相當美啊。

可惜今天我牙疼，不然就可以和大家邊聊邊吃了……

寒溫而已。

重多說俗事，子敬

詣謝公，子猷、子

王黃門兄弟三人俱

世說新語‧品藻

真正有才華的人往往說得少做得多，而浮誇之人往往話嘮。

謝大人果然有見解！

不愧是江左風流宰相。

小謝還是那麼帥～

為也。

朝章誕諸人亦自

上殿何若？昔魏

見王，曰：題之

撕著門外。謝後

色，語信云：可

題之。王有不平

史，謝送版使王

子敬時為謝公長

太極殿始成，王

世說新語‧方正

子敬～你看看！又鬧情緒。

這是要掛在太極正殿上的，當年大書法家韋誕也寫過呀。

王大人，謝大人帶來太極殿匾額要你題字……

我不寫！扔在門外！

太極殿剛建成，王獻之當時任丞相謝安的長史，謝安派人送塊木板去叫他題匾。
王獻之很生氣，只說一句，便引得謝安讚賞，以此句為名言。

韋誕是魏明帝時期的一名書法家，為人憨厚，不過此人一涉及到與書法有關事宜之時，他便當仁不讓。他因自己的書法風格與魏明帝產生爭執，小心眼的皇帝因此懷恨在心，於是在祭祀台竣工時，命韋誕在二十多丈高的匾額上題字：「凌雲台。」

哇呀呀……

哎呀

呼！

凌

你不是想「溫筆雲空」嗎，今天就讓你溫一下！

當日狂風大作，一介大書法家韋誕被吊在高空中顫巍巍的竹籠裡，七十多米的祭台下是看熱鬧的文武百官們，這場景讓這位憨厚清高的大書法家自尊盡損。等他寫好「凌雲台」三字時，鬚髮也已皓然如雪。後來韋誕自此封筆，並訓誡自己的家人：從今往後，凡韋家子孫，再也不許習練書法！

你髮如雪，感動了誰？
韋誕題詞鬚髮白，不堪羞辱怒封筆！

唉唷！小韋書藝卓越，題署尤精！無奈年歲過高啊～哈哈～

瞬間鬚髮皆白.

而魏朝的壽命也僅僅延續了45年而已。子敬那句「魏陣所以不長」，其實也就是告訴謝安，自己作為一介文人，才華不應為政治所用，而政治家也不應強人所難。可惜，又帥又酷、追求不羈與美好生活的文二代王獻之，最終沒有能逃過政治的束縛。

咕嚕

啊啊啊啊啊啊！名言啊！

咕嚕

咕嚕

子敬！你太有才了！它將成為我謝某第108句人生格言！

原音呈現書法大師臨終真情告白······ PLAY ▶

王子敬臨終前，請來道士為自己做法，向天禱告······

你可曾做過什麼錯事？

棒打鴛鴦，一生飽受想愛不能愛的煎熬！
勞燕分飛，讓他魂牽夢縈的那個她是誰？

唯憶與郗家離婚。

子敬雲：不覺有餘事，

章應首過，問子敬：

由來有何異同得失？

王子敬病篤，道家上

世說新語‧德行

子敬生平沒犯過什麼過錯，唯一的過錯便是與郗姐姐離婚······

＊王獻之信奉五斗米道教，此教寫明病
　人姓名、服罪之意，坦白自己的過錯，
　向上天禱告消除業障災難與疾病。

王獻之與他的表姐從小青梅竹馬，王獻之到了適婚年齡時，便向郗家提親，迎娶了表姐郗道茂，夫婦兩人生活富足、情投意合，幸福的郗氏原以為兩人自此便可清淨安樂的度過一生。

可是，玉樹臨風的才子王子敬，年紀輕輕便在書法界有了名望，擁有無數粉絲，其中就有一位有權有勢的公主——司馬道福（新安公主），這位公主不是一般人，她休了自己的老公桓濟，堅決要改嫁王獻之。

爹爹～女兒就是
要嫁王子敬！你
就下詔讓他休了
郗氏娶我嘛！

乖女莫哭，爹
爹給你做主！

子敬啊，你就休了郗
氏吧，反正你倆也沒
生孩子，我女兒下嫁
你家，算是幾世修來
的福氣啊～

啥?!

簡文帝拗不過女兒，便一紙詔書要王獻之休妻再娶。這無疑是一個晴天霹靂，王獻之自然不肯，
為了避免滿門遭殃，最後他想出一個辦法——自殘！用艾葉燒傷自己的腳。

王兄！
萬萬不可！
快來人
救火啊！

女女兒，衝動
是魔鬼，千萬
三思啊……

你喜歡
我風度
翩翩？好！
我就燒斷左腳！

看你還喜歡
什麼！

就算燒成灰，
我也要嫁你！

郗道茂知道事情已無法挽回，王家眼看要慘遭橫禍，她知道桀驁不馴的王獻之不願妥協，於是自己主
動退出，打點行裝，離開王家從此誓不再嫁。郗氏離開王家時，自己已無父無母，孤身一人，寄於叔
父家中……

嘩
啦
……

王獻之悲痛欲絕，但為了保全王氏家族，無奈還是娶了新安公主，休妻之痛與他自殘時留下的後遺症，成為糾纏他一生的夢魘。與郗氏離婚後，他寫過一封信，述說自己對郗氏思念之情，對自己的譴責和絕望。

我和郗姐姐生活多久都不會厭的。
即使是年復一年地相對，也可以當作是一日之歡。
那種額頭觸著額頭的歡暢，
只是遺憾不能再盡興一點、更盡興一點。

雖奉對積年，可以為盡日之歡。常苦不盡觸額之暢。方欲與姊極當年之匹，以之偕老，豈謂乖別至此！諸懷悵塞實深，當復何由夕見姊耶？俯仰悲咽，實無已已，唯當絕氣耳！

正想著要和表姐成雙成對，白頭偕老，
哪知道命運如此不順，分離到這個地步！
實在是傷心惆悵啊，什麼時候才能白天晚上都見到表姐呢？

我只能悲嘆嗚咽，實在沒有辦法啊！
要跟表姐見面，只能等到我斷氣了……

王獻之是懦弱的，他為了家族利益，不得不拋棄深愛的髮妻，寫下這封充滿哀傷的情書，宣洩了自己的悲苦，但他可曾想過，孤苦的郗氏看到此信時肝腸寸斷的心情呢？王獻之是可憐的，縱使桀驁不馴，也無法掙脫政治枷鎖，過著他所嚮往的生活……

王獻之41歲時，才和新安公主有了一個女兒，取名王神愛，
在身心雙重的傷痛中，42歲便離開人世。

年少薄情詡風流，無由便將賢婦出

至今思來抽心痛，愧讀多年聖賢書

當初玉樹臨風、桀驁不馴的書法大師王獻之，如今在彌留之際，
想到他寫給前妻郗道茂的信中，最後那一句——唯當絕氣耳。
想到即將與心愛的郗姐姐在另一個世界廝守，是否有些欣慰與解脫呢？

而那位逼婚成功的烈女子——新安公主，聽到病榻前的丈夫說出的遺憾，
是否從中覺悟到了些什麼呢？她與失去父親的年幼女兒王神愛，之後的境況，
在史書中已找不到蹤跡……

豬博士教新語

世說新語·方正

王子敬數歲時，嘗看諸門生摴蒲，見有勝負，因曰：「南風不競。」門生輩輕其小兒，乃曰：「此郎亦管中窺豹，時見一斑。」子敬瞋目曰：遠慚荀奉倩，近愧劉真長。遂拂衣而去。

【譯文】

王子敬只有幾歲的時候，曾經觀看一些門客賭博，看見他們要出現輸贏的時候，便說：「南風不競（南邊的要輸）。」門客們輕視他是小孩子，就說：「這位小郎也是管中窺豹，時見一斑。」子敬氣得瞪大眼睛說：「比遠的，我愧對荀奉倩；比近的，我愧對劉真長。」於是拂袖而去。

世說新語·品藻

王黃門兄弟三人俱詣謝公，子猷、子重多說俗事，子敬寒溫而已。既出，坐客問謝公：「向三賢孰愈？」謝公曰：「小者最勝。」客曰：「何以知之？」謝公曰：「吉人之辭寡，躁人之辭多。推此知之。」

【譯文】

王徽之兄弟三人一起去拜訪謝公（謝安），子猷（王徽之）、子重（王操之）兩人說了很多俗事，子敬（王獻之）只是略作寒暄而已。三兄弟走後，在座的客人問謝公：「剛才的三位賢士，哪個最好？」謝公說：「小的最出色。」客人問：「你怎麼知道？」謝公說：「吉人之辭寡，躁人之辭多。根據這個推知的。」

世說新語・德行

王子敬病篤，道家上章
應首過，問子敬：「由
來有何異同得失？」子
敬雲：「不覺有餘事，
唯憶與郗家離婚。」

【譯文】

王子敬病重，道家上表文向天禱告時，要求本人坦白過錯，便問子敬：「向來有
什麼異常或過錯？」子敬說：「記不起其他事了，只記得和郗家離過婚。」

世說新語・方正

太極殿始成，王子敬時為謝公
長史，謝送版使王題之。王有
不平色，語信雲：「可擲著門
外。」謝後見王，曰：「題之
上殿何若？昔魏朝韋誕諸人
亦自為也。」王曰：「魏陣所
以不長。」謝以為名言。

【譯文】

太極殿剛建成，王子敬當時任丞相謝安的長史，謝安派人送塊木板去，叫王子敬
題匾。子敬露出不滿的神色，告訴來人說：「把它扔在門外吧。」後來謝安看見
王子敬就說：「這是給正殿題匾，怎麼樣？從前魏朝韋誕等人也寫過呀。」王子
敬說：「這就是魏朝帝位不能長久的原因。」謝安認為這是名言。

慕容世家大起底！

本刊所載資料均來自被認為可靠之網路媒體來源，唯閣下仍應自行核實相關資料！

魏晉南北朝時，北方清河崔氏——崔浩、關隴高氏——蘭陵王高長恭、關隴獨孤氏——獨孤信，皆以美色聞名，但在美男的整體數量和質量上都難以企及鮮卑慕容氏。

鮮卑慕容氏能以盛產美男而聞名於史，有兩個原因。其一：鮮卑慕容人因混有部分高加索人血統，而個個膚色白晰，身材修長，這正與當時以白晰瘦弱為美的審美情趣相吻合，所以慕容部人的美貌比較容易得到認同。據說，西晉時，京城的王公貴族都把擁有美貌白晰的慕容部侍婢視為財富的象徵；其二：不知是入主中原後受到漢族士大夫「以貌取人」的流行時尚影響，還是慕容部落在草原上就有的習俗，鮮卑慕容氏在繼承制度上，不立長，不尚賢，而是比誰長得好看。在此繼承制度下，鮮卑慕容氏當然能保證一代代的騎士美少年繁衍不息了。

一提到鮮卑慕容家的美男子，第一個想到的就是小名「鳳凰」的騎士美少年——慕容沖。公元370年前秦皇帝苻堅滅掉前燕時，慕容沖年僅12歲，是前燕的皇子，與他的姐姐清河公主一同被俘，充入前秦掖庭。清河公主時年十三四歲，長得嬌小動人，正是芳含豆蔻，豔若芙蓉，苻堅怎肯放過？清河公主亡國之女，不能自主，只好由他擺布，充作玩物。與清河公主同時被擄的小王子慕容沖剛剛12歲，已經長得面如冠玉，非常惹人喜愛，於是苻堅把他充作孌童。後來因為風評實在太差，在群臣的力諫下，苻堅不得已只好將慕容沖外放為平陽太守。

群臣力諫：萬萬使不得！

一雌復一雄，雙飛入紫宮！

宮廷醜聞

荒淫苻堅男女通吃
慕容姐弟隨王伴駕

公元383年，苻堅八十七萬大軍兵敗淝水，他的帝國也隨之土崩瓦解，各地武將紛紛叛變自立。25歲的慕容沖也終於等來了報仇復國的機會，美少年披甲上馬，帶領了一群鮮卑遺民逕直殺奔前秦首都長安。為了表明自己復國的志向，美少年白盔，白甲，白槍，白馬，一身白衣風度翩翩的殺到長安城下。在長安這個曾讓他受盡屈辱的城市，埋藏在美少年憂鬱外表下的憤怒徹底爆發了，這個玉面羅剎，一馬當先，身先士卒，將前秦軍隊殺的大敗；一代霸主苻堅也只有倉皇逃竄。公元385年，慕容沖在阿房宮繼位稱帝，正式完成了復燕大業（史稱西燕）。

臥薪嘗膽美少年，揚眉吐氣大丈夫！

王者歸來：從亡國到復國的逆轉勝！

講述鮮卑小王子的鳳凰涅槃

鮮卑慕容氏中，才貌雙全之人當推後燕開國皇帝——慕容垂。慕容垂，字道明，身高一米八十八，雙手過膝，天生猿臂；站時，就似青松迎風，臥時，就如玉山橫陳。一生命運多舛的慕容垂，性格十分堅忍。在率部投降前秦後，對霸占自己妻子的苻堅一直必恭必敬，表現的十分馴順，並以此取得了苻堅的信任，統率了大量軍隊。淝水之戰後，他見苻堅大勢已去，便撕下武裝，公然反叛，占領了原來前燕的國土並自立為帝宣告復國成功（史稱後燕）。

表面上鮮卑慕容氏完成了復燕大業，但慕容家族也給世人留下了恩將仇報、復國之心不死的壞印象；而自古又沒有不亡的國家，等他們的燕國再被人滅的時候，後來的征服者又豈敢重蹈苻堅的覆轍，自然就下令對鮮卑慕容氏趕盡殺絕了。公元409年前後，鮮卑慕容氏這個著名的北方美男家族，就差不多被斬草除根了。

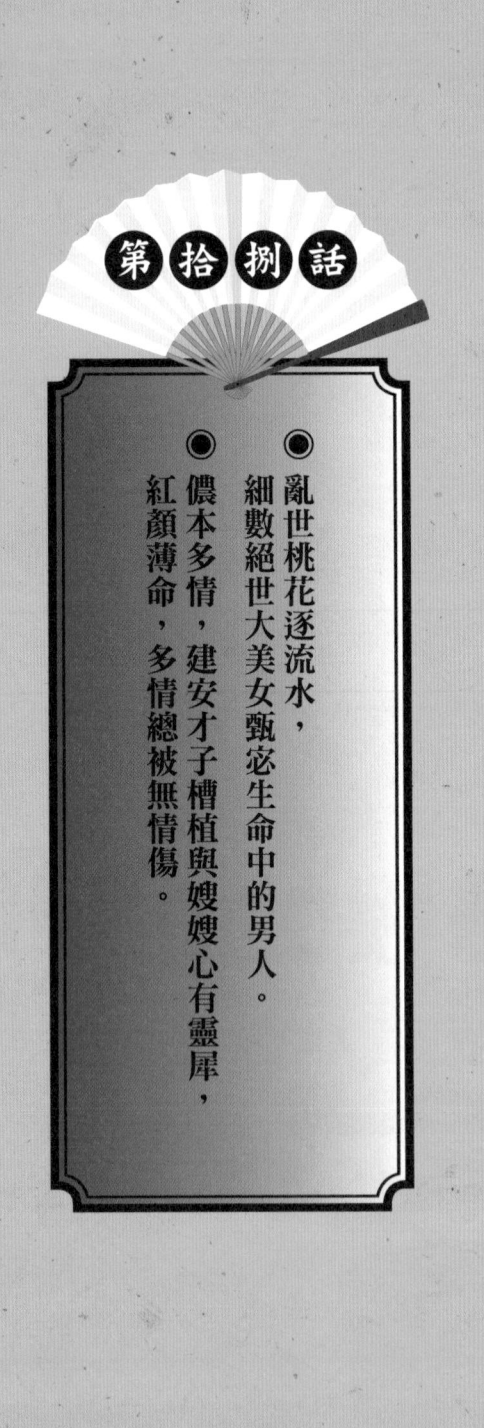

第拾捌話

● 亂世桃花逐流水，
細數絕世大美女甄宓生命中的男人。

● 儂本多情，建安才子槽植與嫂嫂心有靈犀，
紅顏薄命，多情總被無情傷。

喜鵲傳奇

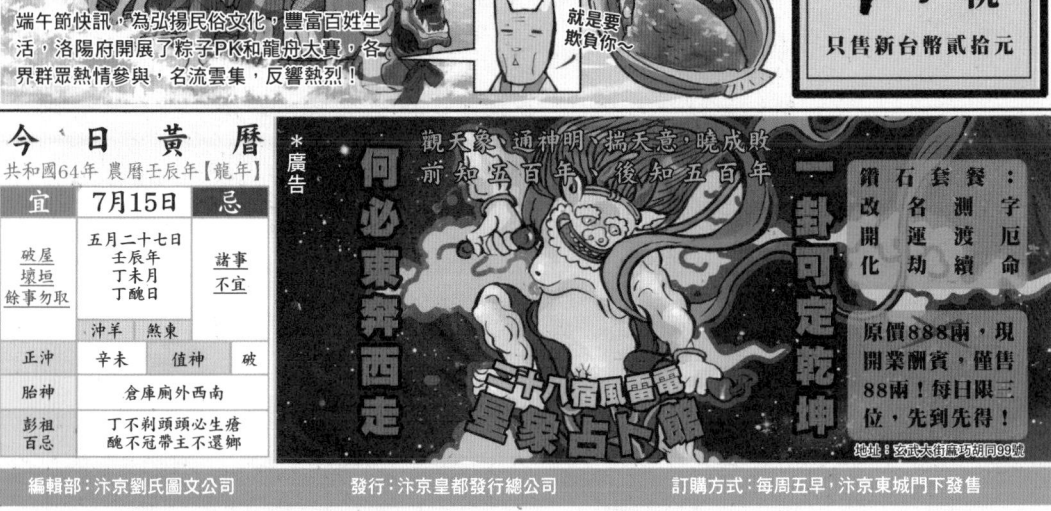

官渡之戰袁紹大敗，他死後兒子們開始奪權之爭，曹操乘機破鄴城。袁紹二子袁熙逃亡，將自己的母親和媳婦留在袁府。

衝啊！

殺！

騰騰騰騰

轟隆隆隆⋯⋯⋯

攻破鄴城的先鋒官曹丕帶著一干兵馬闖到袁家府邸準備大肆洗劫一番。

所有人聽著！

袁家的金銀財寶便是諸位今日破城的獎勵！大家隨便拿吧！

哈哈！多謝將軍！

騰！

曹丕

字子桓，著名的政治家、文學家，曹魏的開國皇帝。

衝啊！

世說新語・惑溺

太祖下鄴，文帝先入袁尚府。

有婦人被發垢面垂涕，立紹妻劉後。

唔？

嗚嗚嗚嗚

望著比自己大5歲，美貌絕倫的大美人甄氏，17歲的曹丕毫不猶豫搶在老爹前，把她變成了自己老婆。

父親大人，袁紹府中的財寶我一分不要，卻想要這位美人兒！

呵呵呵！果然是我兒！祝你倆白頭偕老百年好合！

曹操內心

討厭！討厭！今日破城老子就是為了這美人兒！被臭小子搶先一步！

咚咚咚！

公曰：今年破賊，正為奴。

左右白：曹公之屠鄴也，令疾召甄。

左右白：五官中郎已將去。

因為愛情，不會輕易悲傷！

曹丕為愛發聲

年齡不是問題

曹睿

字元仲，即魏明帝。曹丕之子，曹操之孫。

三年抱倆，地位鞏固！

熟女婚戀指南！

大齡美女火速改嫁！

常勝將軍情場淪陷！

婚後的甄氏著實幸福了幾年，並有了一兒一女，兒子便是後來的魏明帝曹睿。

甄宓見過小叔。

曹植祝哥哥嫂嫂百年好合！

那年，甄氏24歲，曹植14歲。

銅雀台落成的那一年，曹操帶領所有兒子們登台，並讓他們每人做賦一首，
其中，才華橫溢的曹植所作《銅雀台賦》，贏得曹操歡心。

十八歲那年的銅雀台，我們一起愛過的女孩！

哈哈哈，小植寫的這篇《銅雀台賦》真是太好了，完全繼承了我的文采嘛！

多謝父親大人稱讚，與父親比，曹植還差得遠哩……

啊哈哈哈哈～連謙虛的勁兒也像極了我嘛～真是俺的好兒子～！

哈哈哈哈～

太祖甚異之。

賦。植援筆立成，可觀。

悉將諸子登臺，使各為

時鄴銅爵台新成，太祖

三國志‧陳思王植傳

在一片讚嘆聲中，曹植看到了兄弟們欽羨的眼神，也看到了一絲嫉妒暗湧其中，奪嫡大戰，自此拉開序幕。

刷

哥哥文采好棒啊！

我最喜歡「協飛熊之吉夢」，這句太好了！

小植真厲害！

植弟果然才華橫溢，哥哥自愧不如……

曹植也在女眷的眼中看到了崇拜與欣賞。

哇呀～植植好帥哦！

的確作的好賦！

小植好帥氣～

了不起呀～年紀輕輕便才貌雙全！

以及，那讓他今生無法忘懷的雙眸……

唔呀唔呀呀，好想上去和小植講話呀～

討厭，他在看這邊看這邊呀！

哇！小臉兒紅了～小植在害羞呢～

她笑了……！

撲通！

植弟好厲害～做大哥的好羨慕喔～只可惜我是長子，是爹爹的合法繼承人～除非人家死了，你才有奪嫡的可能哦～

後來，長子死了……

那一年，甄氏28歲，曹植18歲。

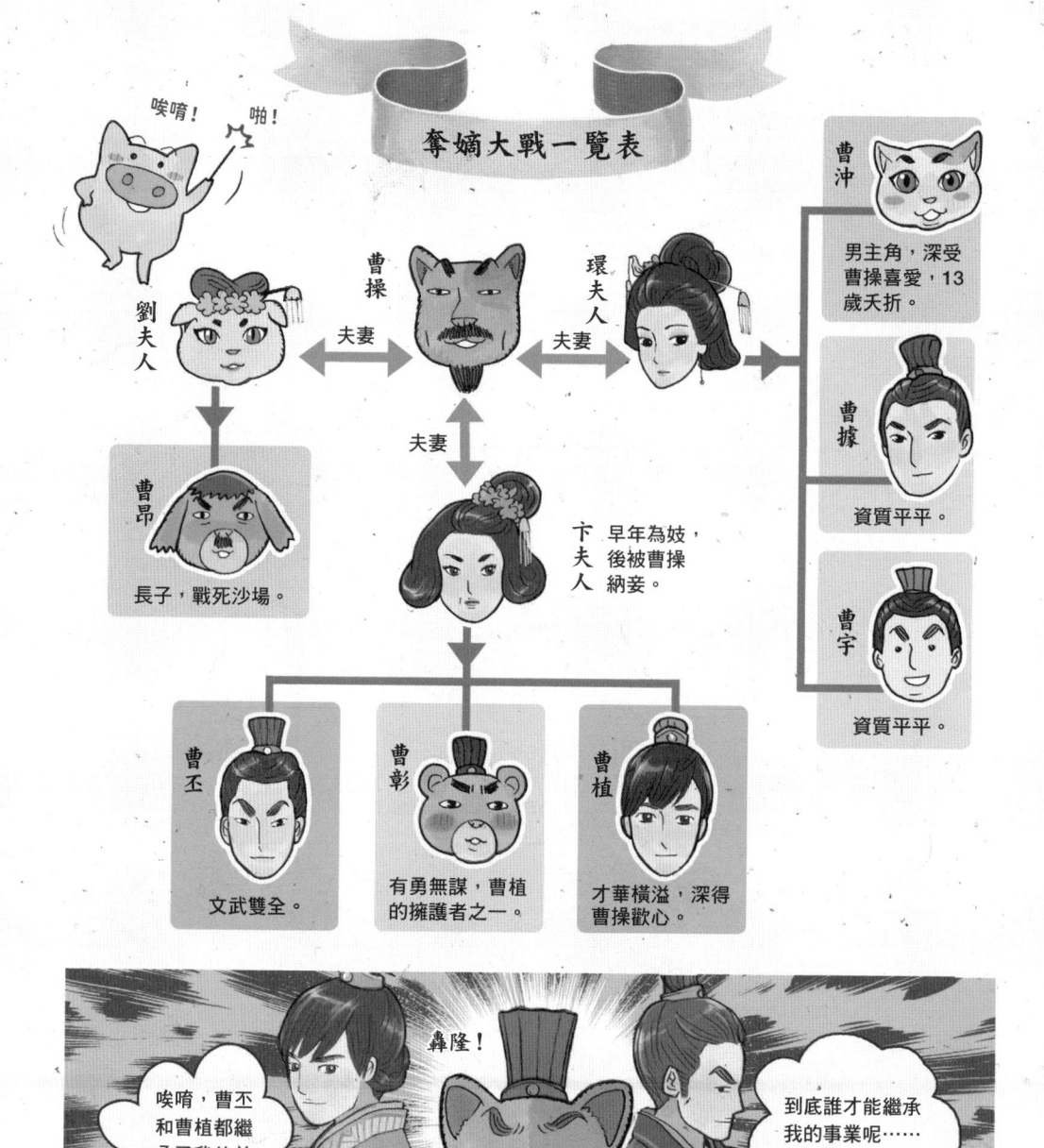

奪嫡激戰！
少年不識奪嫡苦，敢問王鼎重幾何！

曹操長期在立嗣上狐疑不決，使曹植獲得青睞的是他的詩人才氣，最終使他失寵的也是他的詩人氣質。
作為一個天生的詩人，曹植是個感情容易衝動而不拘小節的人，史傳中說他：任性而行，不自雕勵，飲酒不節。

三國志·魏志·陳思王植傳

植嘗乘車行馳道中，開司馬門出。太祖大怒，公車令坐死。由是重諸侯科禁，而植寵日衰。

曹植好酒，一日醉酒後打開皇宮的司馬門，在只允許皇帝行走的馳道上乘車跑了一下，此舉僭越禮教，令曹操大怒。
大將曹仁在樊城被關羽包圍，曹操命曹植救援，可他卻喝酒喝得酩酊大醉，無法應召。

二十四年，曹仁為關羽所圍。太祖以植為南中郎將，行征虜將軍，欲遣救仁，呼有所敕戒。植醉不能受命，於是悔而罷之。

主公命曹大人速速出兵樊城！

哈哈哈哈～
莫急莫急～陪我先喝一杯～

臭小子！又是走皇帝的馳道又是醉酒抗命！
老子不鳥你了！

而曹丕深得其父政治才能，善於曲意逢迎，結交名士，贏得眾人好感。就連宮女和曹操身邊的人都替曹丕講好話，因此曹丕日漸贏得曹操歡心。

呵呵呵～曹大人～來來，我再敬您一杯！

小環，聽說今天是你誕生之日，小小禮物請收下吧！

哎喲喲！曹大人真是的！奴家小小婢女，卻教您掛心……

曹大人真的是又帥氣又大方～人家好喜歡～

而就在奪嫡大戰展開之時，建安十八年（公元213年），一位名叫郭女王的婢女出現在曹丕面前。她除了美貌，更擁有參與政治鬥爭的智謀，為曹丕奪取魏王世子之位出謀劃策。

昔日愛侶傳分居

新人小三變曹太

昔日舊人漸失寵

三國志

後有智數，時時有所獻納，文帝定為嗣，後有謀焉。

建安21年（216年）曹操征討孫權，其妻卞夫人、兒子曹丕、孫兒曹睿與東鄉公主隨軍，唯獨甄氏因生病留在鄴城。

魏書·后妃傳

二十一年，太祖東征，武宣皇后、文帝及明帝、東鄉公主皆從，時后以病留鄴。

建安21年（216年）曹操征討孫權，其妻卞夫人、兒子曹丕、孫兒曹睿與東鄉公主隨軍，唯獨甄氏因生病留在了鄴城。

除了孤苦無依獨自留守鄴城的甄宓之外，同時留在鄴城的還有小叔子曹植。

曹植聽聞嫂嫂近日身體抱恙，特送來滋補湯藥。

原來是小叔，聽聞公公讓你留守鄴城，想必對你抱有厚望了。

是，父親大人這番舉動，可讓嫂嫂的郎君對植兒多了一道戒備。

魏書

太祖征孫權，使植留守鄴，戒之日：吾昔為頓丘令，年二十三。思此時所行，無悔於今。今汝年亦二十三矣，可不勉與。

哈哈，小植，你老子我像你這麼大的時候也當此大任！

切！

可惜丕郎不知你生性散漫、只適合做個詩人，偏偏公公對你的偏愛有加，讓丕郎心懷戒備。

嫂嫂果然冰雪聰慧，我本胸無大志，卻也騎虎難下，朝中分兩派擁立我與丕哥哥，

若哥哥贏，擁護我的那些朝臣還有命嗎？大家都想做王，卻不知平凡的幸福才是世間最難擁有的財富。

若可以，我也願自己變為平凡的人，不用後宮手段，不擔心權位與性命……

好好愛一個男人，做他的好妻子，

平凡、幸福的度過一生……

抽泣

滴落

甄氏明白，郭女王的出現，使她失去了曹丕所有的寵愛。
曾經對她一見鍾情、不介意她的過去與年齡的曹丕，如今全心想的是如何在奪嫡中取勝、如何奪取天下。

嫂嫂……

……

權力、地位與無盡的欲望已將她的愛、他的情變得微不足道……

在丈夫那裡失去全部寵愛的甄氏，也許就在此時，在獨守鄴城、無親無故的孤獨生活中，

從才華橫溢、英俊瀟灑的曹植那裡得到了慰藉。

那一年，她34歲，他24歲……

一年後，卞夫人（曹丕與曹植之母）返回鄴城，看到與孩子、丈夫久別的媳婦兒
居然比以前更加美豔，大感驚奇，殊不知這其中原委。

媳婦啊，為何一年
不見兒女和老公，
你的神朵更美了？

那是因為他們
有婆婆照看，
我便沒有什麼
可擔憂的了！

自隨夫人，我當何憂！

何也？後笑答之曰：諱等

可為念，而後顏色更盛，

二子別久，下流之情，不

色豐盈，怪問之曰：後與

武宣皇后左右侍禦見後

二十二年九月：大軍還

【魏書·後妃傳】

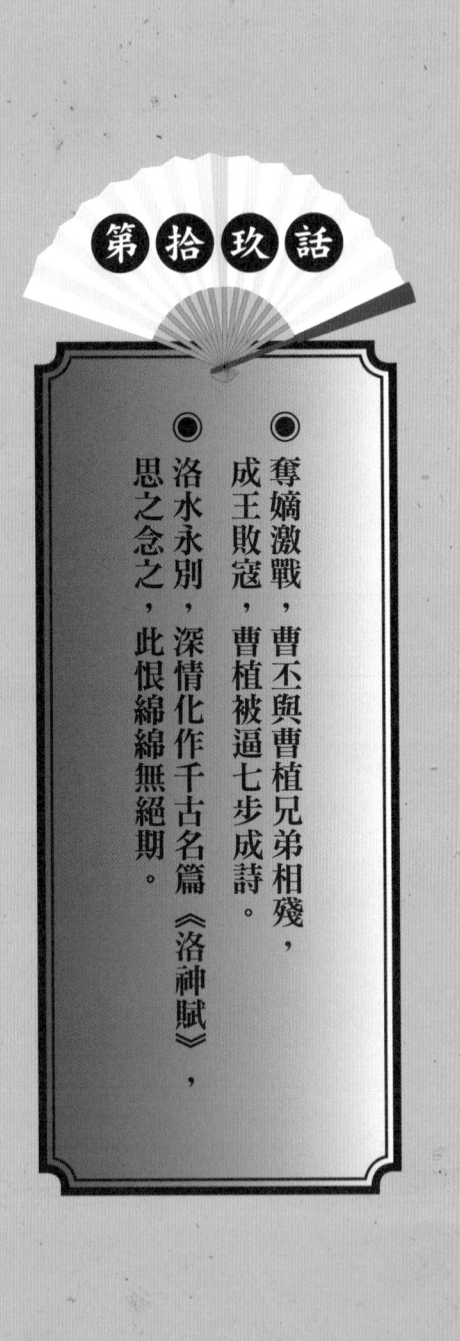

第拾玖話

◉ 奪嫡激戰，曹丕與曹植兄弟相殘，
成王敗寇，曹植被逼七步成詩。

◉ 洛水永別，深情化作千古名篇《洛神賦》，
思之念之，此恨綿綿無絕期。

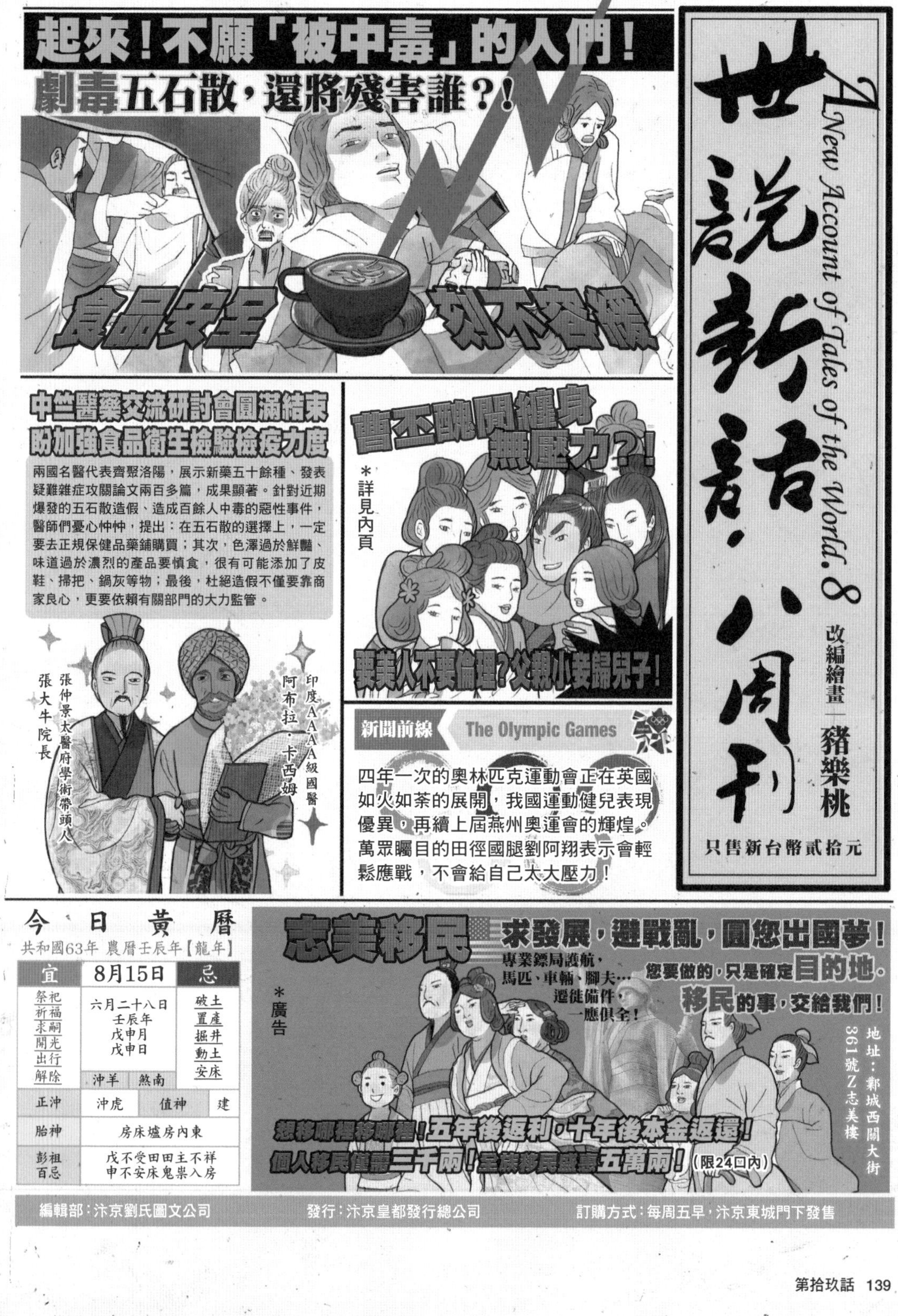

起來！不願「被中毒」的人們！

劇毒五石散，還將殘害誰？！

食品安全 刻不容緩

中竺醫藥交流研討會圓滿結束 盼加強食品衛生檢驗檢疫力度

兩國名醫代表齊聚洛陽，展示新藥五十餘種、發表疑難雜症攻關論文兩百多篇，成果顯著。針對近期爆發的五石散造假、造成百餘人中毒的惡性事件，醫師們憂心忡忡，提出：在五石散的選擇上，一定要去正規保健品藥鋪購買；其次，色澤過於鮮豔、味道過於濃烈的產品要慎食，很有可能添加了皮鞋、掃把、鍋灰等物；最後，杜絕造假不僅要靠商家良心，更要依賴有關部門的大力監管。

張仲景太醫府學術帶頭人 張大牛院長

印度AAAA級國醫 阿布拉．卡西姆

曹丕醜聞纏身 無壓力？！

＊詳見內頁

要美人不要倫理？父親小妾歸兒子！

新聞前線 The Olympic Games

四年一次的奧林匹克運動會正在英國如火如荼的展開，我國運動健兒表現優異，再續上屆燕州奧運會的輝煌。萬眾矚目的田徑國腿劉阿翔表示會輕鬆應戰，不會給自己太大壓力！

世說新語八周刊

A New Account of Tales of the World. 8

改編繪畫——豬樂桃

只售新台幣貳拾元

今日黃曆

共和國63年 農曆壬辰年【龍年】

宜	8月15日	忌
祭祀 祈福 求嗣 開光 出行 解除	六月二十八日 壬辰年 戊申月 戊申日 / 沖羊 煞南	破土 置產 掘井 動土 安床
正沖	沖虎 值神 建	
胎神	房床爐房內東	
彭祖百忌	戊不受田田主不祥 申不安床鬼祟入房	

編輯部：汴京劉氏圖文公司　發行：汴京皇都發行總公司　訂購方式：每周五早，汴京東城門下發售

【前情提要】曹丕迎娶知名大齡美女甄氏之後，與曹植等人開始了奪嫡之爭。在與父親曹操一同討伐孫權時，獨守鄴城、日漸失寵的甄氏與鎮守鄴城的曹植產生愛慕之情。另一邊，曹丕奪嫡成功後，開始了清除曹植黨羽的行動……

哥……？您怎麼來了？

任城，你來的正好，皇上聽說你要和我下棋，特來觀戰～

彰弟，我剛得了些上好的大棗，特地送來給母后品嚐，你也來點兒吧～

呵呵～

曹彰

字子文，封任城王，曹操與卞皇后的二子，武藝過人，卻有勇無謀，是曹植的擁護者之一。

世說新語・尤悔

魏文帝忌弟任城，因在下太后闥共圍棋，並噉棗。王驍壯。

曹彰一直在朝中公開支持曹植，曹丕當上魏文帝后，為了鞏固自己的地位，對弟弟任城王曹彰心生殺意。他趁著與卞太后下圍棋吃棗的機會，把毒放在棗蒂裡。

呵呵！

騰！

嚼

嗚，味道是不錯……

哼，就算你用上等棗也收買不了我的心！

等等！這味道……

轟

文帝以毒置棗蒂中，自選可食者而進，王弗悟，遂雜進之。

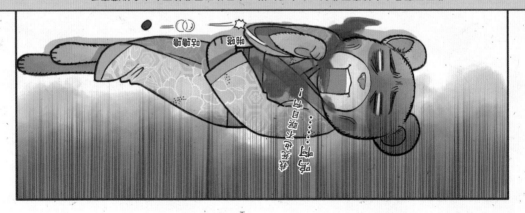

最終，曹丕不忍心殺害曹植，而是將他貶職發配去遠方做個小城主，若要進洛陽都城都要經過重重許可，不得擅自朝見。曹植鬱鬱奔赴陳郡就任的途中，遇見了獨守鄴城的甄氏……

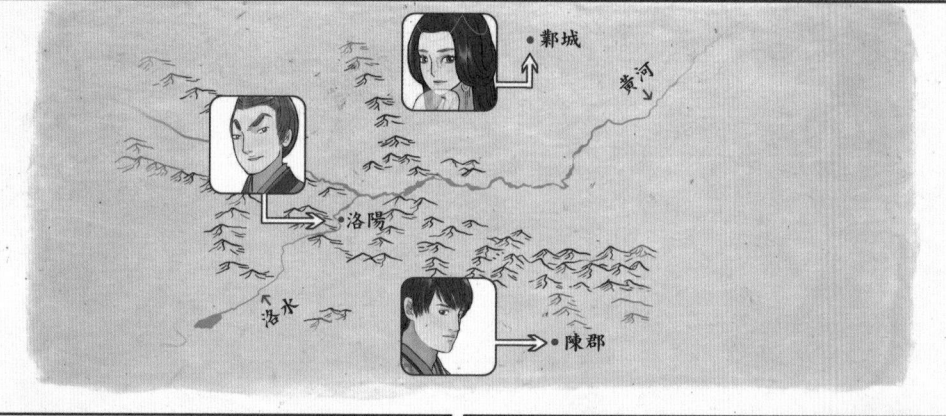

曹公子，有人想見您。

小叔，聽說你要去陳郡，宓兒在此等候多時了。

嫂嫂？

唉……朝中擁護我的大臣個個死了，連彰哥哥也被殺害。

如今曹植落魄成為小小的城主……

與其說是城主，實則是被皇帝哥哥軟禁起來，不得踏出城池半步……

至少，你還活著啊……

汩汩⋯

嫂嫂還記得那年您獨守鄴城，

在荷花池邊所說的話嗎？

若可以，我也願自己變為平凡的人⋯⋯

如今我已被貶，若嫂嫂仍有此意⋯⋯

小叔，

你我都清楚，

我們今生都無法擺脫身分權威、世俗眼光與禮教的牽絆。

今日一別，恐怕便再難與小叔見面了，若小叔能長久的記得奴家，便是奴家此刻最大的心願了。

遠在鄴城獨守空房的甄氏，聽聞丈夫在洛陽風流快活，於是寄情於筆墨，將滿腹閨怨化作詩句——《塘上行》，這首詩後來成為樂府詩歌的典範，膾炙人口，流傳至今。

可惜，這首悲苦的情詩卻沒有打動曹丕的心，反而引得這位新皇帝勃然大怒，派使者前往甄氏獨居的鄴城舊宮，逼她服下毒酒。

曹丕還下令將甄氏「被髮覆面，以糠塞口」下葬；（把頭髮披散起來，遮住臉，用米糠塞入口中）。
意思是即便死了，也只能如賤民一般死去，來世也只能為賤民。

兩年後，曹植到洛陽拜見哥哥曹丕，曹丕仗著酒醉把甄氏的遺物——鏤金玉帶枕贈給了他。

小子，寡人知道
你一直暗戀甄宓
那賤婢，

今兒高興，將她的枕
頭送你，還不好好謝
謝哥哥～哈哈哈！

我早該料到
你並不幸福，
卻還是放手讓
你留在哥哥的
身邊……

苦戀嫂子十餘年，最終兩人陰陽相隔，深情的曹植唯一能得到的便只有甄氏留下的枕頭而已，
曹植含著淚接過了遺物。

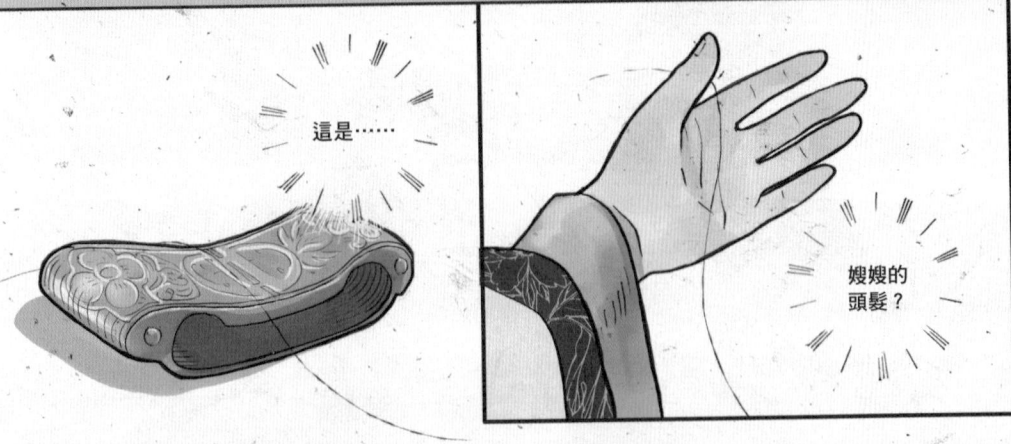

這是……

嫂嫂的
頭髮？

甄氏縱然美貌絕倫，出生富貴，一生痴愛她的男人不計其數，也不過是男人的附屬，逃不脫古代女子的悲哀命運。

在瀕死之時，她是否想過，若當初先入鄴城的不是曹丕，是否她的命運可以逆轉，不再悲苦？

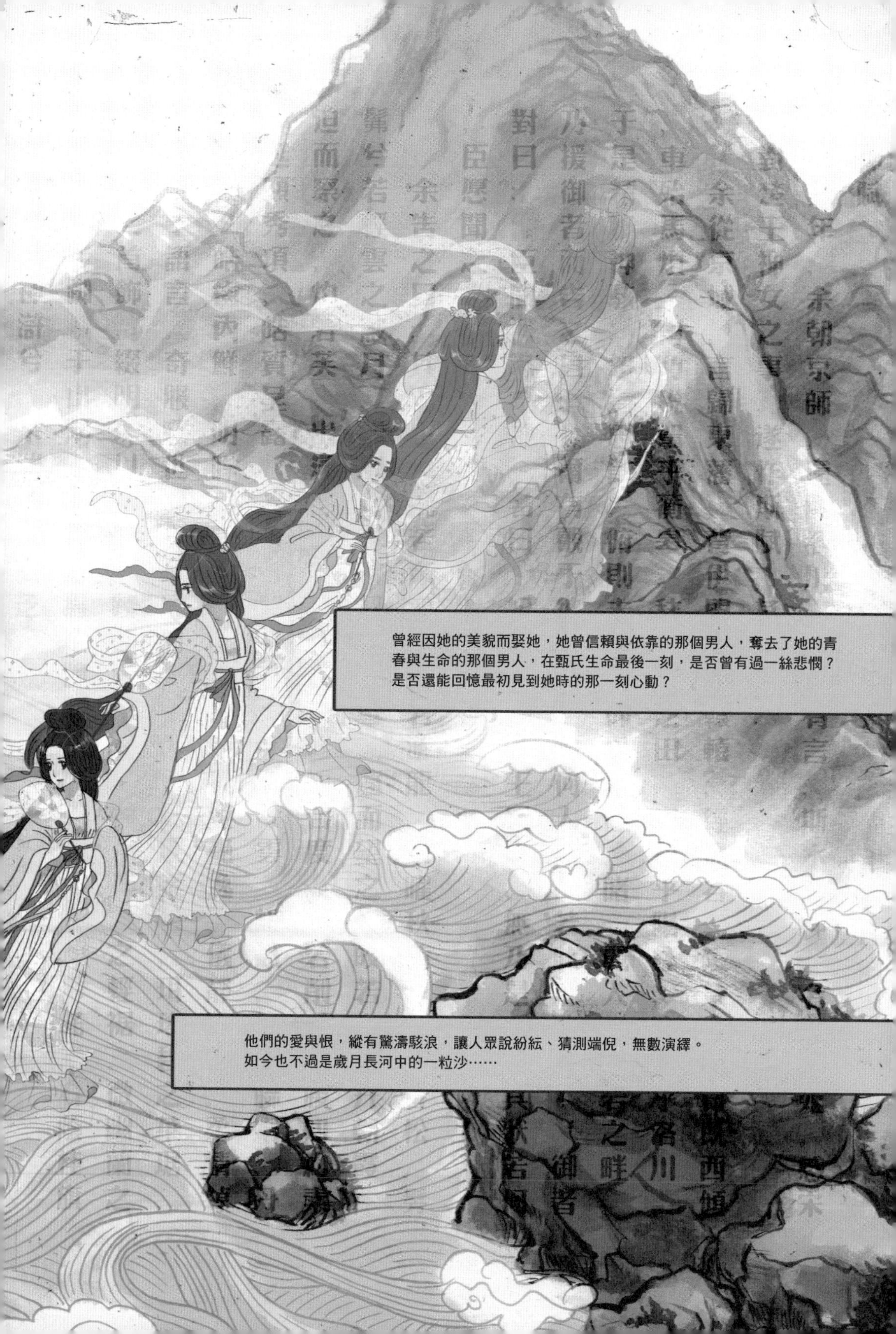
曾經因她的美貌而娶她，她曾信賴與依靠的那個男人，奪去了她的青春與生命的那個男人，在甄氏生命最後一刻，是否曾有過一絲悲憫？是否還能回憶最初見到她時的那一刻心動？
他們的愛與恨，縱有驚濤駭浪，讓人眾說紛紜、猜測端倪，無數演繹。如今也不過是歲月長河中的一粒沙……

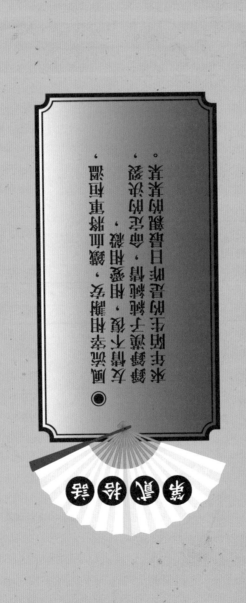

錚錚漢子純純情！

桓溫 VS 謝安 角力賽

本期特別企劃——是老友也是對手！

追憶相愛相殺的友情歲月！

世說新語 八周刊

A New Account of Tales of the World. 8

改編繪畫－豬樂桃

只售新台幣貳拾元

好來屋名角湯酷斯近日有點煩，不但第三任妻子提訴離婚，還遭其爆料、指責他與別人蹴鞠隊知名選手殼漢有超越友誼的關係，消息傳出一片譁然！據說兩人時常共坐胡床吃小棗，還曾一天內連發18回飛鴿傳書，互動非常密切！群眾紛紛表示貴圈真亂，貝殼漢的妻子維多利利拒絕回應此事。

老牌型男婚姻不保
斷背醜聞撲朔迷離

王導豪開奶酪宴，陸玩狂吞險喪命！

太尉陸玩近日拜訪丞相王導，王導拿出北方奶酪招待他。陸玩狂吞四十餘盅！回家就病倒了，在給王導的短信中說：「昨天吃酪多，整夜精神不振，疲困不堪。小民雖然是吳人，卻幾乎成了北方的死鬼。」吃奶酪能吃到這般境界，陸玩也算是吃貨界的翹楚人物了！

趕生「龍寶寶」！生育又迎新高峰！

在生肖中龍一向倍受青睞，而且在民俗學中，今年這條龍是六十年一遇的帶財水龍，旺長輩旺家業，因此很多父母都趕在今年生寶寶，各地醫館人滿為患，穩婆價格節節看漲，連送子觀音廟的香火也是近年來最旺的。我國老齡化問題日益突出，這種生子狂熱非常難得，也希望新手父母們要好好養育龍寶寶唷。

編輯部：沐京劉氏圖文公司　　發行：沐京皇都發行總公司　　訂購方式：每周五早，沐京東城門下發售

風流帥哥謝安出山時，初為桓溫的司馬＊，兩人感情很好，特別是桓溫，對謝安尤為喜愛，
常會一大早就跑去與謝安聊天到傍晚。

morning～
小安安！
起床沒？

桓大人！
不要啊！

咦？！
什麼！

砰！

嚇？！桓大人！
人家正在梳頭！
不便見您啊！！

擋住

哈哈，
小安安莫羞！

你我兩人又何必
拘泥於禮節呢？

這……說
得也是。

啪

啪

《世說新語・賞譽》

謝太傅為桓公司馬。桓
詣謝，值謝梳頭，遽取
衣幘。桓公云：何煩
此。因下共語至暝。

桓大人與謝
大人聊得好
晚啊～

嗨嗨，小安這
樣優秀的人才，
任誰見到了，
都想與他徹夜
長談……

既去，謂左右曰：
頗曾見如此人不？

桓大人，謝安謝大人與王坦之王大人在朝中齊名，不知您認為兩人誰更勝一籌呢？

是呀，大人最喜歡哪一位呢？

世說新語・賞譽
有人問謝安石、王坦之優劣於桓公。桓公停欲言，中悔，曰：卿喜傳人語，不能復語卿。

唔，這個嘛……

噗滋

嚇？！臉紅了？！

切！你們嘴巴太大，喜歡傳話，人家才不會告訴你咧！

搞什麼？這傢伙想歪了吧？！

這嬌羞樣是怎麼回事？！

桓溫手執兵權，長期執政，「以床第之事」誣衊晉廢帝司馬奕搞同性戀，立司馬昱為簡文帝。

十年草木萬年名，
故友已是道不同，
回首來時艱難路，
嘆聲知己難捨、
壯志難平！

友情不復？晉室飄搖！
愛你！疼你！恨你？怨你！
桓溫心藏殺機，謝安如何化解？
獨家曝光——桓溫與謝安的密室會談！

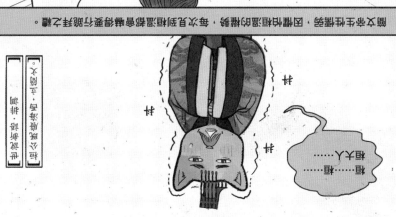

晉孝武帝司馬曜（361年～396年）
東晉的第九個皇帝

王坦之（330～375年）東晉大臣

簡文帝死後，謝安為阻止桓溫奪權，與王坦之擁立幼主司馬曜繼位。
桓溫得悉，大怒，以奔喪為名，浩浩蕩蕩起兵建康。

他在離建康不遠的新亭埋伏兵甲，擺下宴席，以宴請為名意圖殺害謝安、王坦之，奪取政權。

世說新語‧排調

桓公伏甲設饌，廣
延朝士，因此欲誅
謝安、王坦之。

謝大人……
桓溫這一次可是擺下了鴻門宴，您可有什麼辦法？

晉室的存亡，就在此一行了！

王甚遽，問謝曰：當作何計？謝神意不變，謂文度曰：晉祚存亡，在此一行。相與俱前。

哈哈哈～小安，多年未見，別來無恙吧？

桓大人似乎憔悴蒼老了許多……

自然不會忘記，可惜時光荏苒，
每次我梳頭更衣之時，已不會有人大咧咧的奪門而入，倒有些不習慣了……

桓……桓大、大人吃了沒？

大人，您的手板拿倒了喂！

小安，可還記得當年我常去你家聊天？

謝安淡定從容的一番言語，使得桓溫殺意全無。
他想起出征之時，途經金城，看到多年前自己親手栽種的小柳樹已有十圍*粗了。

*十圍：約一米多。
亦指：數量龐大、眾多。

皆已十圍。
見前為琅邪時種柳，
桓公北征，經金城，
世說新語・言語

桓溫輕撫當年種下的柳樹，不禁黯然淚下，草木無情，人生易老。晉氏南渡已是第五代皇帝。中原淪落五十多年，故老差不多都已死盡，無論是皇帝還是南下的士族只想守住眼前的安樂，早把故國忘得一乾二淨，北伐的機會已經不多了。

木猶
如此，

人何以
堪啊……

慨然曰：木猶如此，
人何以堪！攀枝執
條，泫然流淚。

嘩啦……

豬博士教成語

【情何以堪】
堪：承受。
比喻感情無法承受打擊。

桓溫潸然淚下，他有著一統江山的野心，卻沒有曹操、司馬昭那般的決心與狠心。最終他不過是一個留戀人情、渴望友情的一介武夫……

嘩……

嘩！

在曾經好友謝安的阻撓下，桓溫最終沒能奪取晉室權位，一年後鬱鬱而終……

豬博士教新語

嘿唷　啪！　唷！

世說新語·惑溺

魏甄后惠而有色，先為袁熙妻，甚獲寵。曹公之屠鄴也，令疾召甄，左右白：五官中郎已將去。公曰：今年破賊，正為奴。

【譯文】

魏甄后既溫柔又漂亮，原先是袁熙的妻子，很受寵愛。曹操攻陷鄴城，屠殺百姓時，下令立即傳見甄氏，侍從稟告說：「五官中郎已經把她帶走了。」曹操說：「今年打敗賊寇，正是為了她。」

世說新語·惑溺

太祖（曹操）下鄴，文帝（曹丕）先入袁尚府，有婦人被髮垢面垂涕，立紹妻劉后。文帝問之，劉答：「是熙妻。」使人攬髮，以巾拭面，姿貌絕倫。既過，劉謂甄曰：不復死矣！遂見納。

【譯文】

曹操破鄴城，先鋒官曹丕帶著一干兵馬闖到袁家府邸。只見一位婦人披頭散髮的趴在老婦膝蓋上哭，曹丕問老婦這是何人，老婦說：「是袁熙的妻子」，捧著媳婦的臉，用手帕拭去她臉上的淚珠，顯出美貌絕倫的相貌，她便是甄氏，曹丕感嘆：「就算死了也值得！」後來，曹丕娶了此女。

世說新語·尤悔

魏文帝忌弟任城王驍壯。因在卞太后閤共圍棋，並啖棗，文帝以毒置棗蒂中，自選可食者而進，王弗悟，遂雜進之。既中毒，太后索水救之。帝預敕左右毀瓶罐，太后徒跣趨井，無以汲。須臾，遂卒。復欲害東阿，太后曰：「汝已殺我任城，不得復殺我東阿。」

【譯文】

魏文帝（曹丕）嫉恨弟弟任城王曹彰的驍勇強壯。他趁著在卞太后屋裡下圍棋吃棗的機會，把毒放在棗蒂裡。他自己挑沒有毒的吃，任城王不知道，就有毒沒毒的都一起吃了。中毒後，卞太后找水救他。魏文帝預先就讓手下把瓶子瓦罐都砸了，太后光著腳跑到井邊，卻沒法打水。不久，任城王就死了。隨後魏文帝又要加害東阿王曹植，卞太后對他說：「你已經殺了我的曹彰，不要再殺我的曹植了。」

世說新語‧賢媛

魏武帝崩，文帝悉取武帝宮人自侍。及帝病困，卞后出看疾。太后入戶，見直侍后是昔日所愛存者。太后曰：「何時來邪？」雲：「正伏魄時過。」因不復前而嘆曰：「狗鼠不食汝餘，死故應爾！」至山陵崩，亦竟不臨。

【譯文】

魏武帝曹操死後，文帝曹丕把武帝的宮女全都留下來侍奉自己。到文帝病重的時候，他母親卞后去看他的病；卞太后一進內室，看見值班、侍奉的都是從前曹操所寵愛的人。太后就問她們：「什麼時候過來的？」她們說：「正在招魂時候過來的。」太后便不再往前去，嘆息道：「狗鼠也不吃你吃剩的東西，確是該死呀！」一直到文帝去世，太后竟也不去哭吊。

世說新語‧賞譽

謝太傅為桓公司馬。桓詣謝，值謝梳頭，遽取衣幘。桓公雲：何煩此。因下共語至暝。既去，謂左右曰：頗曾見如此人不？

【譯文】

謝安作桓溫的司馬。一天桓溫去看謝安，正趕上謝安在梳頭，見桓溫來了，急忙拿來衣裳和頭巾。桓溫說：「何必拘泥這些禮數。」於是就一起聊天，直到黃昏降臨。桓溫走後，他對左右的人說：「可曾見過這樣的人嗎？」

世說新語‧賞譽

有人問謝安石、王坦之優劣於桓公，桓公停欲言，中悔，曰：「卿喜傳人語，不能復語卿。」

【譯文】

有人問桓公（桓溫）謝安石（謝安）、王坦之兩人的高下，桓公正想說，又後悔了，說：「你喜歡傳話，不能告訴你。」

世說新語‧賞譽

桓大司馬病，謝公往省病，從東門入。桓公遙望，嘆曰：吾門中久不見如此人！

【譯文】

桓大司馬（桓溫）生病，謝公（桓溫）去探視，他從東門進去。桓公遠遠望見了，嘆息道：「我的門裡很久沒見到這樣的人了。」

世說新語・排調

桓公既廢海西，立
簡文。侍中謝公見
桓公，拜，桓驚笑
曰：「安石，卿何
事至爾？」謝曰：
「未有君拜於前，
臣立於後！」

【譯文】

桓公（桓溫）廢掉海西公（司馬奕），立簡文帝（司馬昱）。侍中謝公（謝安）見到桓公，跪拜，桓公驚訝地笑
著說：「安石，你何必要這樣？」謝安說：「我沒見過君主在前邊跪拜，大臣還在後面站著。」

世說新語・言語

桓公北征，經金城，
見前為琅琊時種柳，
皆已十圍，慨然曰
「木猶如此，人何
以堪！」攀枝執條，
泫然流淚。

【譯文】

桓公（桓溫）北征時，途經金城，看到他任琅邪內史時種的柳樹，已經十圍粗了，感慨說道：「樹木的變化尚且
如此，人又如何禁得起歲月的流逝呢。」手握枝條，潸然淚下。

世說新語・排調

桓公伏甲設饌，廣延士，
因此欲誅謝安、王坦之。
王甚遽，問謝曰：「當作
何計？」謝神意不變，謂
文度曰：「晉祚存亡，在
此一行。」相與俱前。王
之恐狀，轉見於色。謝
之寬容，愈表於貌。望階趨
席，方作洛生詠，諷「浩
浩洪流」。桓憚其曠遠，
乃趣解兵。王、謝舊齊
名，於此始判優劣。

【譯文】

桓公（桓溫）埋伏好甲兵，擺下宴席，請朝中的大臣都來赴宴，準備趁此殺掉謝安、王坦之。王很害怕，問謝
安：「有什麼辦法嗎？」謝安神色不變，對王坦之說：「晉室的存亡，在此一行。」於是和他一起赴宴。王坦之
內心的恐懼，愈發在臉上顯現出來。謝安的沉著從容，也更是表露在外表。他望著台階，走到座位上，還像洛陽
書生那樣，吟誦嵇康的「浩浩洪流」詩句。桓溫被謝安的曠達高遠的氣度所懾服，就急忙撤掉了伏兵。王坦之、
謝安以前齊名，自此以後，兩人的優劣就分辨出來了。

翹腳調戲事件！桓溫發飆！

哈哈哈哈！今兒真是活！能與愀兄把酒共遊！

咕嚕

桓溫出身寒門，成為東晉權臣之後，一直積極的想進入以士族出身為主的名仕圈，卻屢屢失敗。

愀兄今日如此高興，看來我老溫打入名仕圈的計劃指日可待囉！

一日桓溫與劉愀一起乘舟遊玩，酒喝到酣暢之時，劉愀突然將一隻腳架在了桓溫的脖子上。

嗝

啪！

什麼！？

臭氣

臭氣

冷靜！自古名士醉酒無論做出什麼舉動，就算裸奔都會被大家諒解！我作為朝中權臣怎能和他計較！

等一下，這味道不太對呀……冷靜！一定不能動怒！

國家圖書館出版品預行編目資料

世說新語・八周刊・卷二／豬樂桃改編、繪畫--初版--
臺北市：英屬蓋曼群島商網路與書股份有限公司臺灣分
公司出版：大塊文化出版股份有限公司發行，2023.05
176 面；17×23 公分.--（For2；62）
ISBN 978-626-7063-36-1（卷二：平裝）

1.世說新語 2.漫畫

857.1351   112004258